淫狼 ～インモラル・バディ～

MOTOYA MATSUKAJI

松梶もとや

Illustration

佐々木久美子

SLASH
B-BOY NOVELS

この物語はフィクションであり、実際の人物・団体・事件等とは、一切関係ありません。

CONTENTS

淫狼 ～インモラル・バディ～

金色に輝く兵士と出会ったのは、死の間際だった。

「……なにが、起こったんだ……」

こめかみに当てていた銃を取り落とし、タイラは思わず声を漏らした。

軍服を纏《まと》った人影が巨大な獣を踏みつけ、日本刀を振り回していた。

輝く刀身を凶獣の脳天に突き刺し、伸びたマズルを斬りつけ、尖った耳を削《そ》ぎ落とす。軽やかな動きで木々の間を飛び回り、自身の何倍もの大きさの凶獣を蹂躙《じゅうりん》している。あれほど兵士の士気を削いでいた凶獣の咆哮《ほうこう》が森の奥へむなしく響いていた。

地に伏し、光を失いつつある巨大な狼の黄色い瞳に、その兵士の姿が幾重にも映し出される。

——綺麗《きれい》だった。男が放つ、光り輝く金色がタイラの目に焼きついた。

男は地に伏した獣を滅多刺《めったざ》しにする余裕すらあった。……ありえない。自身を血の赤に染めながらも次の玩具を探す、残虐な遊びに興じる子供のようだ。一小隊が為す術なく死を受け入れていた凶獣の群れをひとりの兵士が殲滅《せんめつ》していた。それも最新式の兵器など使わず、日本刀一本で。

タイラはぶるりと震えた。目の前の光景が鮮《あざ》やかな色を持ち、どくどくと胸が高鳴る。今新たに生を受けた心地だった。その兵士に憧憬《しょうけい》の念を抱いた。なにより惹《ひ》かれたのはその男の目だった。黄色の瞳が宝石のように輝いていた。

凶獣との戦いで常に死と隣り合わせの生活は、兵士たちの目から輝きを失わせていた。その中で、目を輝かせながら凶獣を蹂躙する男が新鮮に見えた。

「化け物部隊だ……」

どこかから聞こえてきた言葉にタイラは納得した。タイラを含めた多くの兵士が所属する戦闘部隊とは別に、特殊殲滅部隊が存在するという噂があった。圧倒的な強さだけが語られるのみで、タイラ自身、ただの都市伝説かとも思っていた。特殊殲滅部隊はその圧倒的な強さ故に、化け物部隊と揶揄《やゆ》され、凶獣そのものではないかと畏怖《いふ》されるほどだ。実際に目の当たりにすると、その呼称もあながち間違っていないと思える。

最後の一体が地響きを轟《とどろ》かせながら倒れると、辺りは静寂に包まれた。

男は黒い手袋をはめた手で、狼の目から赤く染められた日本刀を引き抜いた。軍服姿だが、口元は首まで覆う黒いマスクで隠され、金色の髪と黄色い目だけが浮いていた。

彼は血を払うように刀を振って納刀すると、タイラを真っ直ぐに見つめて、目を細めた。

——笑ったのか？

木々の隙間から差し込んだ光が男を照らした。こうも美しい存在がこの世にあったのか……。

凶獣の死体を踏みつける浮世離れした姿に見惚れていると、男は自身の胸元を摑み、ゆっくりとその場にうずくまった。はっとして駆け寄ろうとしたタイラの隣を、見知らぬ兵士が走っていく。日本刀の男を担《かつ》ぎ上げると、そのままどこかへ消えてしまった。

嵐のようだった。やがて男がいなくなった森はあるべき姿を取り戻し、タイラだけが、しばらくその場に立ち尽くしていた。

あの男に生かされた。この出会いは運命なのかもしれない……。

鷲摑《わしづか》みにされたタイラの心だけが、いつまでも痛んでいた。

◆

任務を終えた兵士たちは疲弊《ひへい》した体を引きずりながら帰路を進んでいた。二列縦隊を作れば、来るときよりも人数が減っているのがわかる。どの兵士の背中にも哀愁が漂い、重い空気がさらに歩みを重くしていた。

「タイラ、大丈夫だったか？」

声をかけられ、タイラは隣に視線を向けた。小柄で、くりっとした小動物のような目をした兵士だった。階級章から同期とはわかるが、咄嗟《とっさ》に名前が出てこない。男はタイラの腕を小突いた。

「まーた俺の名前忘れてんのか。セージだよ、セージ。ちゃんと覚えろよな。同期なんだから仲良くしようぜ。って、初対面のときにも言ったけど、覚えてねえんだろうなあ」

そのとき、前のほうからゴロリとなにかが転がってきた。黒い猫だった。隊列に巻き込まれたのか、凶獣の毛色に似た猫がわざと蹴られたのかはわからないが、猫は前脚を怪我していた。漆黒の綺麗な毛並みが台無しだ。タイラは猫を抱きかかえて隊列から外れると、持っていた救急キットで猫の前脚を消毒し、包帯を巻いた。他の兵士のいぶかしげな視線など気にならない。

安全な場所に猫を置くと、タイラは列に戻った。隣にセージが来て、「タイラは優しいな」と言った。そうではない、とタイラは心の中で否定する。怪我をした野生動物が生きながらえるとは思えないし、連れ帰ることもできないのだから、所詮《しょせん》は自己満足だ。

セージはその後も明るく話しかけていたが、周りの兵士が聞き耳を立てていることに気づいた。陰鬱《いんうつ》な雰囲気に、セージも声を潜《ひそ》めた。

「やっぱり、今日は被害がでかかったな。俺も目の前で逃げ遅れた奴を見たし……。うちの班は、上等兵がやられたんだってな……」

その言葉に、タイラはじっとりと肌に纏わりつく緊張感を思い出し、それと同時に今日の任務の光景が脳裏に蘇《よみがえ》った——。


——タイラは鬱蒼《うっそう》と茂る木々の間に身を潜め、息を殺していた。周りは白く煙っており、黒い影しか見えない。辺りが煙っているのは濃霧のためではなく、鼻をつく異臭を漂わせる煙幕だ。この状況では周りが見えないので銃も使えなかった。

遠くでばきりと木が折れる音がして、グルルル……と地響きのような獣の唸《うな》り声が聞こえた。首の後ろがちりちりと熱くなる。

白い煙が揺らぎ、うっすらと獣の影が見えた。地を震わせながら四足で歩き、長いマズルと尻尾が目立つ。シルエットは犬に似ているが、その大きさは常軌《じょうき》を逸《いっ》していた。凶獣と呼ばれる化け物であり、タイラたち戦闘部隊が殲滅すべき敵であった。

獣が遠ざかる気配はない。今は煙幕の効果で身を隠せている。だがこの場に止まっていても、やがて臭覚《しゅうかく》を取り戻した凶獣に見つかり、食い殺されるだろう。ならば一か八か逃げるのが得策なのかもしれないが、タイラは動けなかった。隣にいる男に裾《すそ》を掴まれているからだ。

『もう、駄目だ……』

男が歯を打ち鳴らしながら呻《うめ》いた。タイラと同じ軍服を着た上等兵だった。

『凶獣どもに周りを囲まれた状態で、助かるわけがねえ……』

タイラと上等兵の周りにいる凶獣は一体だけではなかった。岩陰に一体、逃げ道を塞ぐように二体と、四方を囲まれた状態だ。縄張りを踏み荒らされ怒っているのか、凶獣は唸り声を発し、ゆっくりと辺りを歩き回っている。タイラたちにも逃げ場はない。

がし、と手を掴まれた。上等兵が浅い呼吸を繰り返しながら、ギラギラとした目でタイラを見ていた。

『た……頼む……。俺を殺してくれ。このままじゃ、奴らに殺されて死ぬ……それは嫌だ。万一ここから逃げられたとしても、俺は獣になるかもしれねえ。なら、いっそここでお前が……』

上等兵の手についた血で軍服が汚れた。彼の腹部からは血が流れ続けていた。凶獣に遭遇した際、鋭いかぎ爪にやられたものだ。処置したところで長くはもたないだろう。だが、『殺してくれ』と、タイラにすがる力だけは強かった。

改めて周りを見る。四方は凶獣、隣に瀕死の上等兵。手元には残弾数二の拳銃とアサルトライフル。選択肢は多くはなかった。

タイラは拳銃を持ち、上等兵の頭に銃口を向けた。彼は口元を緩めると、そうだ、と力を振り絞り、胸元からなにかを取り出した。

『これを……俺の女房に送ってくれないか。俺の除隊を待ってるんだ。そして、先に逝《い》くことを許してくれ、と謝って欲しい。俺のことを忘れて、別の男と、幸せになってくれ、と……』

上等兵は震える手でタイラに指輪を渡した。受け取ったタイラが指輪をジャケットの内ポケットにしまったのを見届け、男は「ありがとう」と安らかな表情を浮かべ、目を閉じた。

タイラは拳銃の引き金を引いた。上等兵はその場に倒れ、二度と起き上がらなかった。タイラは彼の首からドッグタグを回収する。

間もなく部隊は全滅するだろう。それに本人が殺してくれと頼んでいた。仕方がなかった。徴兵された男たちが巨大な獣に襲われてあっけなく死んでいく。命は軽いものだから。

軽く首を振って思考を切り替えていると、次第に目の前の煙幕が薄くなってきた。ぼんやりとしていた凶獣の姿が浮かび上がる。

マズルが長い、犬のような顔としなやかな肢体。凶獣は体の特徴からいくつかのタイプに分けられる。目の前の凶獣はタイプ・ウルフだろう。

凶獣——通常の動物の数倍もの大きさがあり、凶暴化している。様々な種が混ざり合った姿は化け物そのもので、毛色はどの個体も炭を被《かぶ》ったような漆黒だった。人間ひとりで太刀打ちできる相手ではない。現在も、戦闘部隊は凶獣の群れに為す術なく、身を隠している状況だ。

いっそ自害したほうが賢明ではないか。拳銃を握るタイラの手の力が緩んだ。無策に突っ込んで凶獣に食われてのたうち回り、もしくは獣に堕《お》ちるよりは、自ら死を選んだほうがいい。

獣の影を見据えるタイラの瞳に光はなかった。入隊当初とは違い、もはや生への執着はない。

今までも死なないように生きてきただけだ。命じられるまま戦い、飯《めし》を食って眠るだけの日々を無意味に繰り返す。もう自分がなぜ、ここにいるのかさえも忘れていた。

わあぁ、と半狂乱の叫び声と同時に、男がひとり、タイラの近くの草陰から飛び出した。凶獣が飛びかかり、すぐに男は胴体を引きちぎられた。

タイラの目の前に、凶獣が姿を現した。

見た目は獣に近い。だが後ろ脚は発達して馬のように太く、犬歯はサーベル状に長く伸びている。頭頂部にはイヌ科であるのに鹿のように枝分かれした角が生えていた。歪《いびつ》に巨大に進化しながらも、黒いシルエットが美しいとさえ思える……。

狼と目が合った。黄色の目がタイラを映していた。

終わった——。タイラは直感した。ここで死ぬのだと。だが恐怖も後悔もなかった。仕方がない。もうどうでもいい。所詮は誰にも必要とされなかった人生なのだから。ただ、僅《わず》かなむなしさがあった。自分も圧倒的な存在を前に屈するひとりの人間に過ぎなかったのだと。

目の前に迫り来る狼を眺めながら、タイラは自身のこめかみに銃口を当てた。

そのときだ。

ばつん、と狼の首が落ちた。

なにが起こったのか理解できなかった。狼はタイラの目の前で血をまき散らしながら倒れた。

地響きが体を震わせる。

我に返ったタイラは慌てて周りを見た。右側にいた狼が悲鳴を上げていた。目をこらすと狼の上に人影が見えた。タイラは竦《すく》む体を奮《ふる》い立たせ、その狼に近づいた。

そこで見た光景は、一生忘れることはないだろう。

日本刀を持った、金色に輝く兵士の姿。

『……なにが、起こったんだ……』

刃が立たなかった凶獣を踏み倒す、圧倒的な存在がそこにはいた。

今もタイラの瞼《まぶた》の裏には、男の鮮烈な立ち回りが強くこびりついている――。


――先刻の光景を思い出し、タイラは微かに目を伏せた。セージの言う上等兵はタイラが殺した男だった。セージは凶獣に殺されたと思っているのかタイラを責めなかった。タイラ自身、上等兵の命を奪ったことを後悔はしていない。

それにしても、とセージは暗くなった声の調子を変えた。

「さっきは驚いたなっ。あの男、やっぱり特殲隊《とくせんたい》なのか？　すごかったよなあ、刀でズバッと」

やはりセージも気になるようだ。興奮で声が上擦《うわず》っている。

「ひとりであれだけの凶獣を倒しちまうんだ。持って生まれた才能なんかねえ？　俺もああなりてえよ。そしたらすぐにでも凶獣を絶滅させてやんのに。……あ、そういえばあいつ、タイラのほうを見てなかったか？」

他人からもそう見えたのか。気のせいではなかったのだと確信でき、タイラの心臓が逸《はや》った。

「ん？　タイラ、なんか、にやけてねえか――痛っ」

セージが言葉の途中で歯を食いしばった。少し遅れて、タイラも眉をひそめる。

森が開け、目の前には高い壁が見えた。壁に近づくにつれ、脳を直接突き刺すような高音が聞こえた。何度通ってもこの音には慣れない。続いて腐った花のような強烈な香りが鼻を突き、うっと口元を押さえる兵士もいる。どちらも人間の領域に凶獣を寄せつけないための障壁だが、人間に対しても害が大きかった。

苦痛に耐えながら壁の横を通れば帰ってきたとひと心地つく。緩衝《かんしょう》地帯をしばらく進むと戦闘部隊の拠点が見えた。簡素な兵舎が並ぶここが戦闘部隊の拠点であり、タイラの今の家だった。

班ごとに報告や確認が終わると、兵士たちは集会場や医務室に散り散りになった。今までの任務で一番被害が大きかったかもしれないが壊滅しなかっただけましだった。

多くの仲間が凶獣の餌になったというのに、いつもより悲惨な雰囲気はない。特殊殲滅部隊と思われる男に助けられた、という事実が生き残った兵士たちを浮き足立たせていた。突如現れ、日本刀を振り回したマスク姿の男の存在は、絶体絶命の場面に突如として現れたヒーローとして、あっという間に拠点内に広まっていった。タイラも表情は変わらなかったが、まだ興奮のために顔が熱くなっている。

まずは体を拭いて報告書の記載を済ませなければとタイラが考えていると、目の前に大柄な男が立ち塞がった。階級章を見る。他班の軍曹だった。

止まれ、とタイラは肩を摑まれた。相手は怒気を隠そうともしていなかった。

「ああ？　なんだその面《つら》は。俺が引き留めた理由がわからねえとでも言いたげだな」

男の言う通りだった。同じ部隊の人間ならまだしも、他班の軍曹に引き留められる理由など思い当たらない。無言でいると、いきなり左頬を打たれた。

「仲間を殺したらしいじゃねえか」

どうやら特殊殲滅部隊の話と一緒に、タイラが上等兵を銃殺したことも広まったらしい。近くにいたセージが驚いた顔でタイラを見た。彼以外の誰かが、一部始終を見ていたのだろう。タイラが口を開くより先に、セージが一歩前に出て敬礼した。

「お、お言葉ですが軍曹殿、タイラは相手のためにやったんです。獣堕ちを止めようと――」

「獣堕ちは絶対じゃない。怪我をしたからと言って凶獣になる可能性は少ねえだろうが。怪我をした仲間を殺すなんて……お前、自分が助かるために殺したんじゃねえのか？」

凶獣に傷を負わされた者は凶獣になる――それを獣堕ちと言った。実際に目撃された例もあるが確率は低く、凶獣に襲われればほぼ即死なので正確なところは不明だった。

タイラは敬礼して答えた。

「先ほどの軍曹殿の指摘は事実です。しかしお言葉ですが、殴られるいわれはありません。理由をお聞かせ願えませんか」

「理由を……聞かせろ、だって？」

声を震わせ拳《こぶし》を握る軍曹に、タイラは切れ長の瞳を向け、淡々と自分の意見を述べた。

「自分は間違っておりません。あれは本人の希望でした。部隊は凶獣に囲まれた状況で、班も壊滅状態でした。彼は腹部に重傷を負っており、放置していても出血死したと思われます。また彼は殺せと言っておりました。その命令に従ったまでで、あの場では最善策だと——」

「さっきから、彼だのあの男だの……お前は、あいつの名前すら呼んでやらねえのかッ！」

軍曹の恫喝《どうかつ》に周りの兵士が身を強張らせた。が、タイラは表情を変えなかった。

軍曹の言う通りだ。班全員の役職は覚えている。連携が取れないからだ。例に洩《も》れず男の名前も覚えているはずだった。だがもう思い出せなかった。思い出す気もない。死んだ人間と連携を取る必要はもう二度と訪れない。

軍曹は黙り込んだタイラの肩を殴った。

「瀕死の状態で殺せと望んでいる——それでも仲間を生かそうとするのが人間だろうが！」

すっと、タイラの無表情な顔から熱が冷めていった。いつの間にか周りには人だかりができており、皆、タイラを見ていた。鋭い視線は凶獣に向ける憎悪の視線と同じだった。

この場では軍曹の言っていることが正しい。理解はしても納得はしなかった。普通の兵士なら仲間を生かそうとするのが当たり前なのかもしれないが、タイラは自分が最善だと思ったことをやっただけだった。

肯定も反論もしないタイラを見る軍曹の目が、別のものへと移り変わった。得体の知れない凶獣でも見るかのような、侮蔑《ぶべつ》と畏怖が混ざった視線。

「共に戦った仲間を簡単に殺しちまうような人間の心がわからねえお前は、あの化け物どもと同じじゃねえのか」

そうだそうだ、とタイラたちを囲む男たちが合唱した。人の心がわからないタイラを化け物だと責めた。喧噪《けんそう》が収まってから、軍曹は続けた。

「……お前の行動は正しいのかもしれねえ。だが、少しは人の気持ちも知れ。ひとりでは凶獣と戦えない以上、仲間の存在は不可欠なものだ。皆がなにを思って戦って、なにを思って死んでいったのか、少しは理解する努力をしろ。――お前には、あの仕事が必要かもな」

軍曹が顎《あご》で示した場所には、霊安施設がある。

「人の心、取り戻してこい」

失礼します、とタイラは敬礼し、人混みをかき分け、指示された場所へ向かった。「待ってくれタイラ」とセージが追ってきた。

「さっきはごめんな、その、助けてやれなくて……正直、俺も、軍曹たちと同じ気持ちだから。タイラも間違ってないんだろうけど、俺は甘いって思われても仲間を助けたいんだ」

「別に、俺に同調する必要はない。そちらのほうが正しいんだから」

自分が異常なだけだろう。人の心はわからず、凶獣を美しいと思う自分が。本当に化け物だったなら、いくらかましだったのだろうか。

タイラは隣を歩くセージを見た。

「お前は仕事を命じられてないだろう」

「でもタイラは行ったことないだろ？　やることといったら遺品整理だ。俺も手伝うからさ」

タイラはセージと連れだって霊安施設に向かった。場所は知っていたが、自分とは縁がないので入ったことはなかった。薄暗く広い部屋にいくつものベッドが並んでいる。清潔感があったが空気は重かった。意外にも多くの兵士たちがいた。どこからかすすり泣く声が聞こえる。

タイラは彼らの横を素通りし、遺品管理をする責任者に話した。仲間の手によって持ち帰られた遺品を死亡告知書と兵士たちからの手紙と共に荷造りし、妻子や親族のもとに返す準備をする。しかしタイラは遺品を目の当たりにしても情が湧かなかった。

隣のセージが知らない兵士の手記を手に取る。彼はそれを読み、涙を流した。死んだ人間に対してなにを思うことがあるのか。ここでの仕事は他者の手帳をのぞき見ることではなくて、身元を確認し、遺族に送ることだけだろう。

「……くそっ、許せねえ、凶獣は殺してやる……仲間や、家族の敵《かたき》だ」

セージは凶獣への恨みと殲滅への決意を新たにしていた。それが彼の戦う理由なのだろう。

タイラは胸ポケットに入れていた指輪を取り出した。射殺した上等兵から託されたものだ。改めて見ても、なんの感慨も湧かなかった。妻へのメッセージを書き記し、故人の雄姿という決められた文言を書けば手紙も完成、箱に詰めて終わりだ。

凶獣を相手に戦う部隊なので、ひとつでも遺品が帰ってくれば御《おん》の字だ。だが死んでしまえば人の命など、遺品ひとつ分の小ささ、重さしかない。そんな軽い他人のものをいちいち抱えていたら、戦闘の邪魔でしかないだろう。同じ部隊の兵士など協力して凶獣を倒すための相手でしかなく、それ以上の繋がりなどは全く興味がないし、必要もない。タイラはそう思っていた。

しかし、あの男のことだけは鮮烈に刻み込まれていた。

黄色の瞳と閃《ひらめ》く刀身。瞼を閉じれば、あの光景を、気温や匂いまで思い出すことができる。鮮やかな動き、輝く金色の髪。凶獣たちの断末魔《だんまつま》の声と森を震わせる地響き。

そしてあの男の姿――。

彼の名前が知りたかった。せめてもう一度、姿だけでも見られたら……。

そんなことを考えている自分に気づき、タイラは僅かに目を見開いた。なぜそんなことを考えているんだ。他人に対してこうも興味を持ち、再会を願うなど初めてだった。

タイラの心は騒いでいたが、しかし叶わない望みかとため息をついた。話すこともなければ、二度と会うこともないだろう。彼の尋常でない強さはきっと、ただの噂でしかなかった特殊殲滅部隊だからだ。だが会えてラッキーだとはしゃぐ気持ちにはなれなかった。命の危機を救ってくれたヒーローなんて生ぬるい言葉では語れない。タイラにとって彼はもっと強烈な存在だった。

生きていれば再会できるだろうか。命が儚《はかな》いこんな世界でも、いつかは。


夕刻。遺品整理の作業が終わって、霊安施設を出たタイラとセージは、兵士が団らんの時を過ごす集会場の辺りが、いつもより騒がしいことに気づいた。怒号や歓声が上がるわけではないが人だかりができている。異様な雰囲気だ。俺たちも行ってみようぜ、とセージは気になったようだが、タイラは興味がなかった。無視して通り過ぎようとしたとき。

「——さっきの、化け物部隊じゃ——」

という言葉が耳に入り、タイラは足を止めた。

あの男が、ここにいる。

「ちょ、おい、タイラっ？」

タイラはセージを押しのけると人垣をかき分けた。セージが呼び止める声も、他の兵士が文句を言うのも無視した。あの男に会いたい一心で進み、やがて人垣の前に飛び出た。

輪の中心に金髪の男がいた。間違いない。あの日本刀の男だ。雷にでも打たれたように、タイラの体がびりびりと震えた。

男の姿は異様に目立った。日本刀こそ持っていなかったものの、手には黒い手袋をはめ、口元は黒いマスクで覆っている。頭髪は金色、だが前髪の一部だけが黒くなっていて、それを知ることができただけでも胸が弾んだ。

きょろきょろと兵士たちを見ていた男と目が合った。あの目——輝く宝石のような、ブラウンの瞳……。おや、とタイラは思った。彼の目はこんな色だったか。

固まって、ただ見つめることしかできないタイラに、男は目を細めた。口元を隠していてもわかった。男は笑ったのだ。

「見つけた」

黒い手袋をはめた手でタイラを指さし、男が目の前にやってきた。階級章から少尉だとはわかるが、所属部隊ごとに異なるその色は見たことがない白だった。目の前に来た男は、意外にもタイラより背が低かった。瞳にタイラの姿が捉えられ、どくんとタイラの心音が跳ねた。

「お前、今日三体のタイプ・ウルフに襲われてたろ。で、死にかけていた仲間を殺した。俺が見間違うはずはねえ。そうだろ？」

「……はい」

敬礼すら忘れたタイラの上擦った返事に、男は満足げに頷《うなず》く。そしてタイラの首に提げたドッグタグを掴むと、ぐいっと引っ張った。体勢を崩したタイラに、男は耳元で囁いた。

「一目惚れした。お前、俺の相棒になれ」

「……はっ？」

一目惚れ？　相棒？　どういうことだ……。男と再会できた喜びもまだ消化しきれていないというのに展開に追いつけない。混乱に喘ぐタイラをよそに、男はぱっと手を離した。

「よし、いい返事だ。後で別の奴らが説明すると思うから。じゃあな」

タイラの返事は承諾ではなく、明らかに疑問符混じりのものだったが、男は必要最低限以下の言葉だけを残してさっさと帰っていった。

「おいタイラっ、なんなんださっきの！　あいつ知り合いなのか？　あれ、今日ひとりで凶獣を倒してた、日本刀の男だよな？」

セージがタイラの肩を揺さぶるが、タイラは放心し、生返事しかできなかった。好奇心旺盛な兵士も何人か声をかけてきたが、タイラがなにも答えないとわかるといつの間にかいなくなっていた。その場にタイラだけが取り残された。

「名前……聞けなかったな……」

タイラの呟《つぶや》きも、宵闇《よいやみ》に吸い込まれていった。

◆

一目見た瞬間から、タイラの心は彼の存在に支配されたというのに、念願の再会を果たし、『相棒になれ』と言われた後は、いよいよ男のことばかりが頭の中を巡っていた。

男の姿。声。そしてタイラに命じた言葉を反芻《はんすう》する日々――。

確かにあのとき、戦場で彼と目が合った。しかし一目惚れされる要素などなにも思い当たらない。長身で、均整のとれた肉体ではあるが、飛び抜けた美形でもなく、第一、愛想も目の輝きもない。切れ長の瞳が相手に威圧感を与えるのをタイラも自覚していた。

一目惚れ発言だけではない。『相棒』というのは？　そもそも本当に特殊殲滅部隊なのかも、男の名前もわからないのに……。

「――イラ、なあ、タイラって」

はっとする。セージが目の前で手を振っていた。

「ぼーっとすんなよ。訓練の話、聞いてなかったろ。お前らしくないぞ。具合でも悪いのか」

「……そういうわけではないが」

「ははーん、あの男だろ。会ってからおかしいもんな。なにを話したか知らねえけどさ」

タイラ以外に男の発言は聞こえていなかった。あれから随分《ずいぶん》経《た》ったものの日常に変化はない。

「タイラさては、あの男に一目惚れしたとか言うんじゃねえだろうな」

「まさか！」

食い気味の否定は思わず大きくなってしまった。セージがにんまりする。

「そのまさかだったりするのか。へー、他人に興味なさそうな、あのタイラが」

セージにからかわれながら訓練の準備をしているとき、タイラは部隊長に呼ばれた。連れていかれた本部には中佐の副官を名乗る男がいた。

「司令部から召集命令が来ている。これより先、許可が出るまで口を開くことは許されない。送迎の公用車に乗れ。直《ただ》ちに出発する。くれぐれも失礼のないように」

高圧的な命令にタイラは敬礼で応《こた》えて車に乗り込んだ。詳しい説明もないまますぐに動き出した。向かうのは国の機能が集中する中央区だろう。

車窓には平和に見える街並みが続いていた。壁が凶獣の住まう森と人の街とを隔ててはいるが、安全とはいえない。なんらかの理由で壁を越え、市街に凶獣が現れることもある。

全土に突如として現れた獣のような異形《いぎょう》の生き物たちは《凶獣》と名付けられた。

初めて凶獣の出現が確認されてから加速度的に数は増え、瞬く間に人間の生活圏をも脅かす存在となった。国は領土の一部を捨てて凶獣から逃れるための壁を築き、箱庭に閉じこもった。現在も元は自国だった森は凶獣が闊歩《かっぽ》しているため、他国との外交はままならないままだ。国軍も凶獣の駆除を主目的とした戦闘部隊を中心に再編成されている。

中央区に入り、国家施設が多くなる。中央区の拠点が目的地だと思っていたが素通りした。どこまで行くのだろうか……。

果たして、車は巨大な門の前に来た。厳重なセキュリティと屈強な守衛の前を通り、タイラたちを乗せた公用車は巨大な建物に入れられる。建物が音を立て、ゆっくりと下降し始めた。やがて視界が開け、眼下に街並みが広がる。そこは地下都市になっていた。

白を基調とした街並みは無機質で、同じ風景が繰り返されており薄気味悪さを感じた。改めて俯瞰《ふかん》で見ると紙でできたジオラマのようだ。快適な住み心地を追求されているのに息苦しさを覚えるのは、昔と変わっていなかった。

さらなる移動を経てようやくたどり着いたのは、地下都市にある総司令部だった。広い応接間に案内される。そこには豪華な椅子に背を預ける男がおり、タイラを送り届けた副官が横に付いた。椅子の男の階級章は中佐。いち兵士が平時に会えるような階級ではない。

中佐は軽く片手を上げ、口を開いた。

「戦闘部隊第七班のタイラ＝スミスで間違いないな」

副官が目線で促《うなが》すのでタイラは敬礼し、自ら名乗って肯定した。詳しい身分を聞かれたら厄介だと身構えたものの、特に質問されることはなく、内心で胸をなで下ろす。

「単刀直入に言おう。貴官には、特殊殲滅部隊への異動を命じる」

タイラはぐっと奥歯を噛んだ。中佐に言われてようやく、自分があのときの彼の誘いの言葉を信じていなかったことに気づいた。夢ではない。自然とタイラの背筋が伸びた。

「特殊殲滅部隊は存在を秘匿《ひとく》されている。一兵士の貴官でも噂程度は耳にしたことがあるやもしれん。そもそも他部隊の前に出ることもない。貴官が見たあれは任務ではない、独断で行ったことだ。そのことを念頭に置いてくれ。貴官はくれぐれも規則を破らぬよう」

彼は偶然助けてくれたのか――。タイラは興奮に身震いした。ヒーローではないか。それで特殊殲滅部隊に選ばれたのだから運命だ、と陳腐《ちんぷ》な単語すら思い浮かぶ。

「特殊殲滅部隊――通称特殲隊は、二人一組が基本だ。凶獣と戦闘するハウンドと、その補佐をするハンドラーで組んでもらう。貴官はハンドラーとして凶獣撃破の任務についてもらう」

戦闘部隊は多人数での任務が当たり前なのに、二人一組。日本刀の男はハウンドか。

「今回、欠員が出たので貴官が選ばれた。基本的にハンドラーは上層部が適任者を選出する。ハウンドの推薦など前代未聞だが……。貴官はただハンドラーとして、ハウンドの補佐をしてくればいい。補佐の細かい内容は組ごとに変わる。詳しくはハウンドに直接聞いてくれ」

中佐の言葉は投げやりに聞こえた。

「特殲隊に配属されるにあたり制約がある。部隊のことを他言しないこと。それと組の解消は原則として認められていない。解消するときは、貴官が殉職するか、凶獣が絶滅したときだけだ。ここに規約が書かれている。目を通し、サインしたまえ」

渡された契約書は、法外な給与と様々な特典以外、先ほど中佐が語った以上のことは書かれていなかった。文字の羅列《られつ》にタイラの目は滑るだけだ。ろくに契約書も読まず、サインする。自分に不利な条件があろうと断わるわけがなかった。

それで招集はかけたのだろう、と中佐は副官に尋《たず》ねている。副官の耳打ちに、中佐はやれやれとかぶりを振った。

「任務があればいずれ顔を合わせるだろうが――」

ガチャリ、と中佐の言葉を遮るように、ノックもなしに扉が開いた。

「すみません。体がだるくて、起きるのに手間取りました」

その声は聞き間違えようがなかった。立ち姿と共に、脳内で何度も反芻していたからだ。

刀を帯びた金髪の男が目の前にいた。タイラの頭の中にいた姿より美しく輝いている。憧《あこが》れの男の姿にタイラは見惚れた。

中佐が咳払いし、眉を寄せる。

「これも任務の一環だ。時間は厳守してもらわねば困る」

「はーい、すんませんでした。……ったく、胸くそ悪い。モグラがいちいち呼び出してんじゃねえよ。てめえらが上に来い」

と、後半はタイラにだけ聞こえるように男は地下で暮らす中佐たちをモグラと揶揄し、タイラを見た。視線が絡むと、男は目を細めた。タイラはいきなり心臓を摑まれたかのような衝撃を受け、彼から目が離せなくなった。

軍服の上からでも、男のしなやかな肉体が想像できた。顔は小さく、手足は長く、腰は細い。珍しい金髪も相まって、他の隊員とは違う洗練された雰囲気を纏っていた。タイラの心を捕らえる圧倒的な存在感に吸い寄せられそうだ。次第に、男の姿が大きくなる――。

「――おい、おい聞いてんのか」

彼がのぞき込むように顔を近づけてきて、タイラは思わず後ずさりした。

「も、申し訳ありません、なにか」

「ったく、しっかりしてくれよ。俺のハンドラーになるんだろ？　せいぜい長生きしてくれって話だよ。じゃ、次の任務からよろしくな、ハンドラー」

「あのっ！」

タイラはそのまま背を向ける男を呼び止めた。

「お名前をお聞かせいただけますか？」

男は立ち止まって首だけを捻《ひね》った。

「レイ」

それだけ答えて、レイは部屋を出ていった。

レイ、レイ……。タイラは口の中で何度もその響きを転がした。たった二文字の名前だけで胸が高鳴るのを感じ、ジャケットの左胸部分を摑んだ。足下が浮くような感情は初めてだった。

だから、これからバディになるはずのレイが、相棒であるタイラの名を聞かなかったことに気づいたのは、夢見心地のまま兵舎に戻り、異動の準備をしていたときだった。

◆

「急ではありますが、本日付で補給部隊へ異動になりました。今までお世話になりました」

後日。タイラは分隊長と、同じ班の仲間に異動の挨拶《あいさつ》をした。

規則として特殊殲滅部隊のことを明かしてはならない。事前に指定された嘘の部隊への異動だと伝えた。万が一タイラを知る隊員が異動先について調べても怪しまれない。

タイラの感情のこもっていない別れの言葉に班長は「次の隊でも頑張れよ」と言った。本心ではないだろう。仲間を躊躇《ちゅうちょ》なく殺してしまうような兵士がいなくなり、清々しているはずだ。

無表情のままタイラは一礼した。名残惜しさはなかった。鞄《かばん》ひとつに収まる程度の私物を抱えて、タイラはすぐに背を向けた。引っ越しや諸々の手続きも終わらせなければ。

「タイラっ、待てよタイラ！」

タイラは振り向く。セージが息を切らし、追いかけてきた。

「なあ、異動って……なんだよ急に、そんな話、今まで一度もなかったじゃねえか。お前がへましたり、怪我したわけでもねえのに、なんで……。もしかして……この前、タイラに声をかけてきた男か。特殊殲滅部隊だと噂の」

「関係ない。それとは別だ」

「だったら……上等兵のことなのか？　あれは仕方なかったし、罰を受けることじゃないだろ。それで異動なんて……、せっかく、一緒に頑張っていこうと思ってたのに」

「俺は自分が悪いとは思っていない。異動については俺自身望んだことだ」

セージは言葉を飲み込み、顔を伏せた。だが、次に顔を上げたときには笑顔を浮かべていた。

「……そうか。じゃ、次の部隊でも頑張れよ。俺も頑張るよ。生きて、また会おうな」

セージは力強くタイラの肩を叩いたが、震える語尾は誤魔化《ごまか》せていなかった。なぜ皆が大切にする仲間の輪を乱す男に、そこまで感情移入できるのか理解できなかった。ただセージの言葉だけは嘘をついているように思えなかった。

だがそれでタイラの心が変わるわけではない。「いずれ、会えたら」と片手を上げ、セージと別れた。タイラの脳裏にはもう、ひとりの男の姿しかなかった。

凶獣をひとりで斬り伏せる、強くて美しい男……。

別れを惜しんでくれる相手がいようと、タイラの心はもう、レイに囚《とら》われていた。

◆

タイラは正式に特殊殲滅部隊に異動になり、レイのハンドラーになった。

辞令が下された二週間後、任務が命じられた。特殊殲滅部隊になって初めての任務だ。

壁の外に広がる森は、一定範囲ごとに区画で分けられ、壁に近いほうから番号が振られていた。数字が大きいほど街から離れた区画での任務になる。

初任務の場所はタイラが見たことがない数字の区画だった。特殊殲滅部隊の主な任務は、まだ調査されていない領域の凶獣を調べ、撃破することだ。戦闘部隊は若い番号の区画での任務が主だった。移動は基本徒歩で、レイと出会ったときは珍しく奥地にいた。

集合場所には運転手がいた。特殊殲滅部隊は装甲車での車移動が主となる。タイラは姿勢のよい初老の運転手に自己紹介し、レイを待った。事前の作戦会議はどうするのだろう、とタイラは定刻より早く来たものの、レイの姿はなかった。

タイラの気持ちは不安と、それ以上の期待で逸った。ようやくレイの戦いを相棒として間近で見られる。あの圧倒的な強さと残虐的な美しさに再び出会えるのだ。

しかし時間になってもレイは姿を見せない。

「少尉になにかあったのでしょうか？」

遅刻しているだけならまだいい。しかし万が一、街中で凶獣の襲撃にあっていたりしたら。

落ち着かないタイラとは対照的に、運転手は動じることなく「いつものことです」と言っただけだった。

「待っていればいずれお出《い》でになります。装備の点検や区画の確認をなされては？　特殲隊での任務は初めてなのでしょう？」

タイラはやきもきしながら運転手に従った。三回目の確認を終えたところでレイが現れた。集合時間は十五分も過ぎている。タイラはレイに駆け寄った。

「少尉、なにかあったのですか」

「ん、ああ、ちょっと……起きるのがだるくてな」

タイラは一瞬言葉を失ったが、すぐ気を取り直す。

「お言葉ですが、少尉。任務の時間は守っていただかないと」

レイはじとりとタイラを睨《にら》んだ。

「うるせえな。中佐と同じこと言うんじゃねえ。てめえがそんなことで文句言ってくるとはな。俺の見込み違いだったか？　お前は俺のハンドラーだが階級的には俺が上だ。これ以上俺に口出しするなら組を解消してもいいんだぞ。まあ、そのときはお前が死ぬときなんだけどな」

タイラは口を噤《つぐ》んだ。せっかく隣にいられる権利を得たのだから、機嫌を損ねてこの機会を捨てるわけにはいかない。レイは運転手に目線を移した。

「今回は早く着くんだよな」

「はっ、十分ほどかと」

「……ちょうどいいか。事故るなよ」

レイはそのまま車に乗り込んだ。作戦の打ち合わせもなかった。慌ててタイラも後に続く。なにもかも異例だ。

森の悪路を進む車内。タイラは横目で、窓ガラスに映るレイを見た。機嫌を損ねたのか、レイはすっかり黙り込んでいる。しかし、このまま現場に着いても連携が取れない。話しかけようとしたタイラは、レイの異変に気づいた。レイが多量の汗を浮かべ、肩で息をしている。様子がおかしい。手に握る日本刀の鞘《さや》が震えていた。

「少尉、気分が優れないのですか？」

「近寄るな……なんでもねえよ」

なんでもないようには見えなかった。だが、近寄るな、と命じられ、タイラは動けなかった。

レイから漂う異様な雰囲気にも口を開けなかった。

間もなく車が止まる。進めるのはここまでのようだ。ここから先は自分たちの足で目的地点へ向かわなければならない。まずは凶獣の位置を把握しなければと地図を開くタイラの横から、レイがざっと飛び出した。

「！　少尉、どこへ行かれるのですか。まずは凶獣の確認と打ち合わせを——」

「なにちんたらやってんだ！　わざわざそんなことする必要ねえ。こっちだ」

レイは迷いなく道なき道を進んでいく。なぜわかるのだろう。タイラには凶獣の鳴き声も匂いも感じ取れなかった。レイが獣のように木々をかき分け、森の中を疾走していく。速い。油断していると見失ってしまう。タイラは必死でその背中を追った。

果たして、タイラも肉眼で凶獣を確認できた。ネコ科のしなやかな体、漆黒の毛色に美しい斑《はん》紋《もん》が浮かび上がっている。タイプ・ジャガーだが、発達した巨大な体と悪ふざけに付けられたような角で、持ち前の速さを犠牲にしていた。

タイラは前を行くレイに声を投げた。

「少尉っ、まずはこちらに注意を向けますのでそのうちに——少尉!?」

タイラが追いつくより早く、レイは飛び出した。

「んなもんいらねえんだよ！　てめえは特等席で見物でもしてろ！」

レイは抜刀しながら素早く凶獣に飛びかかった。太く盛り上がった脚の腱を切りつけて動きを封じると、凶獣の毛を摑んで跳躍《ちょうやく》。そのまま背中を踏みつけると刀を振り下ろした。ばすん、と一太刀《ひとたち》で凶獣の首が胴体と離れていった。

タイラは呆気《あっけ》にとられた。戦闘部隊では作戦を立てて、他の班とも連携しなければ凶獣に太刀打ちできなかったというのに……。血を振り払い、レイは納刀した。本当に自分など必要なかった。ひとりで倒してしまった。作戦も連携もまるでなかった。なにが相棒だ、出番すらない。

「……戻って報告しましょう。雑務は自分が全てやるので少尉はお休みください……少尉？」

レイはよろよろと死体から離れると木の根元で蹲《うずくま》った。タイラは急いでレイに駆け寄る。

「少尉、少尉っ、大丈夫ですか」

車内でも具合が悪そうだった。悪化したのか。それとも先ほどの戦闘でどこか負傷したのか。

「……っい」

「どこか悪いのですか。ひとまず横になられては」

膝をつき、レイに触れようとした途端《とたん》、がっとタイラは腕を摑まれた。

「なあ……体が熱くて仕方ねえんだ」

レイと視線が絡み、タイラは息を呑《の》んだ。黄色い瞳は熱に浮かされたように潤み、戸惑うタイラを映していた。目元も薄く染まり、零《こぼ》れ出る吐息も熱い。

戦闘での興奮を引きずっているだけだとは思えなかった。レイは明らかに発情していた。は、と小さくレイが笑った。それだけでタイラの心は一瞬でかき乱された。

「言わなくてもわかるだろ。戦った後は熱いんだ。いつもみたいにやれよ。早くどうにかしろ」

「い、いつもみたいに、って……」

「……あ、そうだった。はは……、別の男に替わったんだったわ」

レイは自身の軽装備や日本刀を放り投げた。ベルトを手早く取り外すと、タイラに背中を向ける。そして僅かにズボンを下ろし、木の幹に手をつくと、尻をタイラのほうに突き出した。黒い手袋をはめた手で尾骶骨《びていこつ》をなぞり、双丘を自ら割り開く。

「ここに入れろよ……てめえの熱くて太いので、埋めて欲しくて仕方ねえんだ」

軍服の隙間からのぞくレイの白い臀部《でんぶ》にタイラの目は釘付けになった。赤く色づいた蕾《つぼみ》が、タイラの熱視線に恥じるように収縮する。

「わかるだろ？　ほら、早く……ここに入れてくれよ……」

なにが起こっている。さっきまで凶獣と戦っていたはずだ。白昼夢でも見ているのか。なぜレイはこんな真似を……。

タイラがまごついていると、レイはこちらに向き直った。止めてしまうのか、自分はなんてもったいないことを、とタイラが己を責めていると、レイはタイラの前にしゃがんだ。膝立ちになり、タイラの下腹部に触れる。

「っは……少尉、な、なにをっ」

「なんだよ、ちゃんと反応してんじゃねえか。まるっきり男が駄目ってわけでもねえんだな。ほっとしたよ」

レイが幼子をあやすように、タイラの膨《ふく》らみをよしよしと撫でた。快感がぞくぞくと背筋を這い上がり、指先まで熱く痺れる。下腹部に熱が集まっているのを感じて、ようやくタイラは自分が興奮していることに気づいた。

「ははっ、ここだけじゃなくて全身ガチガチだな。もしかして童貞か。初めてが俺みたいな奴で悪かったな。今まで女に手を出さなかった昔の自分でも恨んでくれ。ちゃんと俺が気持ちよくしてやるから、お前はじっとしてな」

レイはタイラのジッパーに手をかけた。目を細め、心底楽しそうにじっーっと下ろされたところで、「ま、待ってください」とようやくタイラは情けない声を上げた。レイは下着を持ち上げる膨らみを揉みながら、不満げな声を漏らした。

「今更やめるはなしだぜ。大人しくしてろ。抵抗するなら噛みちぎってやってもいいんだぞ」

「……っ」

「任務の後、森の中で上官に襲われながらおっ勃ててるってことは、お前も満更でもねえんだろ？　人のせいにはできねえぞ、変態ハンドラー」

喋《しゃべ》りながら、タイラの下着はずり下ろされ、半分勃起したペニスが出された。レイは小さく笑うと、それにマスクで覆われた鼻先を寄せた。

「あはっ、すげえ……濃い雄の匂いがする。完勃ちじゃねえのにでけえし、たまらねえ……」

レイは笑いながらタイラの男根に顔を寄せた。タイラの雄茎にマスクで覆った顔の凹凸をこすりつけるだけで目の前の雄を愛撫する。唇で裏筋を撫で、鼻の脇で先端を擦った。そのたびにレイの長い睫《まつげ》が震え、上気した肌に汗が滲《にじ》んでいた。与えられる刺激はもどかしかったが、レイの綺麗な顔がタイラの一物《いちもつ》に擦りつけられているだけで、頭が沸騰《ふっとう》しそうなほど興奮した。

タイラの中心はすぐに隆々とそびえ立つ雄刀へと変わった。うっとりとした目でレイがそれを見つめ、ごくりと喉を鳴らして頬ずりをする。

夢見心地でレイの愛撫を堪能したタイラは、ふと、彼の金の毛先に凶獣の血がついて固まっているのに気づいた。一房摑み、指先で擦っただけで「んっ……」とレイが小さく喘ぎ、タイラはかっとなった。生唾を飲み込む。レイはタイラの屹立越しに上目遣いで見つめてきた。

「今、びくってなったぞ。お前も気持ちいいんだよな。……なあ、頼むよ。俺の熱を治められるのはお前しかいねえんだ。今から別の相手を探しに行けってのか。それとも獣に掘られろとでも？　鬼畜《きちく》だな」

タイラの脳裏には、レイが知らない男に抱かれる姿が浮かんだ。後ろから腕を摑まれ、乱暴に腰を打ちつけられるレイが嬌声《きょうせい》を上げる……想像しただけで目の前が真っ赤になった。

「俺にやらせてください」

タイラの言葉に、レイは嬉しそうに黄色の目を細めた。そこでようやくタイラはレイの瞳の色が鮮やかな黄色に変わっていることに気づいた。疑問を抱くも、目の前の怒張を指で弾かれ意識が逸れた。タイラのペニスは完全に勃ち上がっていた。

「こっちも準備できたみたいだしな」

布越しの艶めいた吐息がかけられ、タイラの顔が熱くなる。

「散々焦《じ》らしやがって。慣れねえことするんじゃねえな。ほん……と、我慢できねえ……」

レイは立ち上がって再び木に手をつくと、尻をタイラに向けた。引き締まった双丘が揺れる。憧れの人が目の前で誘ってきているのだ。我慢できないのはタイラも同じだった。

「早く、腰寄せろ」

言われるがまま近づくと、レイはタイラの熱塊《ねっかい》を摑み、自ら肉洞の入り口へ誘った。

「っ……く、少尉……ほぐさないと」

「んん……っ、馬鹿、いらねえよ。いいから……入れろ」

レイに促されるまま、タイラが涎《よだれ》を垂らす怒張の先端をレイの蕾に押し当てた。レイが歓喜に満ちた甘い声を上げながら腰を揺らす。ぬちぬちとタイラの先走りを蕾の縁に塗りつけ、張り詰めた切っ先を飲み込もうとする。

タイラは顔をしかめた。初めて男を抱くことに嫌悪感を抱いたわけではない。そこはタイラの膨らんだ雄を収めるにはあまりにも狭すぎた。

「——っ、無理です少尉……一度、抜いてください……っ」

「ぐっ、ん……俺に指図してんじゃねえ。っ、俺が入れろって、言ってんだろうが」

濡れもしない器官が猛った巨根を受け入れるのは無理だと思った。しかしレイは上擦った声で「やれ」と命令し、自分でタイラのペニスを支えると、自ら腰を押しつけてきた。

タイラは痛みに眉を寄せた。しかしレイのほうが痛いだろう。皺《しわ》が伸ばされ、ゆっくりとタイラの剛直を飲み込んでいく秘口の悲鳴が聞こえてくるようだった。

「っ、ん、ぎぅ……ぐ、んんっ……んぁ、あっ、あ、ああー……」

だがレイはそれすらも快楽に感じたように、途切れ途切れのか細い声を上げながら背中を痙攣《けいれん》させた。気づけばレイの蕾から血が出ていた。タイラは慌てて抜こうとしたが、滑りがよくなって一気に咥《くわ》え込んだ。中は溶けそうなほど熱く柔らかい。タイラの熱塊を歓迎するかのように肉《にく》襞《ひだ》が絡みついてきた。貪婪《どんらん》にうごめき、熱い男の飛沫を求め、根元からぎゅうっと絞られる。味わったことのない極上の刺激にすぐに達しそうになり、タイラは息を吐いた。

「あ……あああ、はあー……、あ、はは……やっと入った」

レイは巨砲の全てを収めたことに満足したかのように、間延びした喘ぎ声を漏らし、笑った。

「すげえ、ふはは、ったく、でかすぎんだよ。奥まで来てる。俺の腹いっぱいだ。お前のも、中でドクドクしてる……。さ、動いてくれ。奥までガンガン突いて、めちゃくちゃにしてくれよ」

頭がくらくらしてきた。どうしてこういう状況になったのかわけがわからなくて、考えなければならないのに、思考は淫靡《いんび》な上官の姿で埋め尽くされる。低俗で陳腐な妄想以外では考えられない光景だが、想像ではありえないリアルな感触だ。散々煽《あお》られてタイラの理性も限界だった。

憧れの人が、自ら俺の汚い欲望を飲み込み、ぶつけていいと許してくれている——。

タイラはレイの細い腰を掴むと、抜け落ちる寸前まで一気に引き抜き、奥まで叩きつけた。

「あああんっ！」

レイは発情したメス犬のように、一層甲高い声で鳴いた。レイの発情の理由など、もはやどうでもよくなっていた。熱い。気持ちいい。

「うっ、く……少尉、少尉……っ」

「あん、あひっ、すごっ……あ、ああっ、あぁん！」

タイラは我も忘れて、欲望のままに何度も腰を叩きつけた。蕩《とろ》ける内壁がタイラの激しい抽《ちゅう》挿《そう》に合わせて絞られる。頭が真っ白になるような興奮は初めてで、タイラは夢中で腰を振った。

欲望をぶつけるだけの拙《つたな》い行為だったが、レイは嬉しそうに嬌声を上げ、体を震わせた。尻だけを白日の下に晒《さら》し、あとは軍服を着たままだというのもタイラを燃え上がらせた。凶獣と戦った直後だというのに、すぐ近くに死体が転がるこんな森の中で、獣のように盛るなんて。

レイの言う通り、自分は変態なのだろう。異様な状況にもかかわらず、レイを求めずにはいられない。どちらが獣かわかったものではない。

「ああ、はあん……いい、いく、出るっ、あん、あああ、ああっ！」

「ふっ……くっ！」

レイが背中をしならせ、びくんと大きく痙攣したと同時に、タイラも砲身を食い絞られ、中で暴発した。引き抜く暇もなく、どくどくとレイの腹の中に白濁液を注ぎ込んでしまった。

息を乱しながら、タイラはさっと青ざめる。なんてことをしてしまったんだ。

「も、申し訳ありません少尉……大丈夫、ですか」

無茶をさせてしまった自覚はある。我を忘れて性欲をぶつけるなんて。木にすがりつき、肩で息をするレイからタイラはペニスを引き抜いた。ごぽり、と吐き出した大量の精が溢《あふ》れる。

「……誰が、抜けって言った」

レイは体を起こすと、タイラの胸ぐらを掴み、引っ張った。

「もう俺の中、覚えたか?」

「えっ」

「早く覚えてくれよ、俺のいいとこ。お前がしばらく、俺の相手をすることになるんだからな」

レイは再び誘うように尻を突き出した。タイラの精液がとろとろと淫口から滴《したた》り、ぶら下がるレイの肉玉まで濡らしている。振り返ってうつろに蕩ける目を細め、「早く」と猫なで声でねだるレイに、タイラは湧き上がる衝動を抑えられなくなった。

レイをもっと激しく抱きたい……もっと、自分の手で淫らに喘いで欲しい。

達したばかりだというのに、タイラの性器は再び天を向いていた。レイの尻たぶを鷲摑みにし、硬さを取り戻した男根を咥え込ませる。

「うあっ! はあっ、あああっ!」

レイの蕾はタイラの形をもう覚えたのか、ぐぷりと二度目はすんなり剛直を受け入れた。タイラは蕩けた内奥の熱を味わう間もなく、そのまま激しく腰を打ちつけた。パンッパンッと肉のぶつかる音が響き、レイの白い臀部が赤くなっていく。

レイは嬌声を上げながらがくがくと膝を震わせた。力強い突き上げに耐えきれず膝をつこうとするレイを、タイラは腰を摑んで抱え込むように支えると、再び抽挿を開始した。

「っ、少尉、すみません、気持ちよくて、止まれません……っ」

「ああ、ああっ、いいっ、止めないで、そこ……そこいいからっ、気持ちいい、もっと」

レイの反応が変わった場所を叩くたびに、レイの振り回される萎《な》えた花芯の先からは、だらだらと蜜が溢れ出した。絶え間ない喘ぎ声に混じり、ずちゅずちゅと水音が響く。

二度目の挿入後から、レイはすでに何度も達しているようで、もう木の幹に白濁を飛び散らせることはなく、萎えた性器から糸を引く液を垂れ流しているだけだ。彼の男性器は本来の働きをしておらず、本当に蜜壺を擦られて快楽を得るメスになったみたいだ。

タイラもレイの発情にあてられたのか、興奮が止まることはない。もう何度レイの中に欲望の種を注いだかわからない。レイを突くたびに結合部から泡だった白濁が溢れる。

気持ちいい。タイラは夢中で腰を振った。一向に萎える気がしなかった。女より低く掠れるレイの声も、筋肉で引き締まったレイの肉体も魅力的だった。突かれるたびにきゅっと締まる尻のくぼみを撫でた。男の体がたまらなく興奮を煽った。

「いいっ、いいん、もっとっ、もっとして、っああん、いつもより、いっぱいしてぇ！」

タイラはぎりっと奥歯を噛み、顔をしかめた。

「いつもって――、誰と間違えているんですかっ」

苛立《いらだ》ち、タイラは思いきり突き上げた。腹を突き破るような勢いで最奥《さいおう》を叩き、今レイを抱いているのは俺だと教え込むように奥に押しつけ、ぐりぐりと腰を回す。

「ひああんっ！　はあ、ああ……すごい、嬉し……、もっと、奥ぐりぐりして――ああっ！」

レイは呂律《ろれつ》が回らないまま懇願し、自ら臀部を押しつけた。達しているのに、中は肉棒に吸いついて離れない。

レイはかりかりと木の幹を引っかいていたが、やがてずるずると手をついていた木からずり落ち、地面に手をついた。喉もすでに嗄《か》れ、喘ぎ声になっていない。自力で踏ん張れず、体力も限界のはずだが、まだ興奮が収まる気配はなかった。

タイラも獣欲に突き動かされるままにレイを穿《うが》ち続けた。

「ああっ、はぁ……っ、少尉、ああ少尉、っ」

「あ、あう、ああん、ううぅ……うぐぅ、あぁ……――」

レイは地面に両手をつき、獣のような格好になっている。地面に手をついても汚れなど気にしていないようだった。手形がつくほど腰を摑む手に力を込め、タイラは攻め続けた。タイラが腰を振るたびに葉が、がさがさと鳴る。もう快楽のメーターが振り切れているのか、レイはただタイラの抽挿に合わせてむせび泣くだけだった。

レイが意識を失うまで、獣のような交合は続いた。

◆

タイラがハンドラーになって新たにあてがわれた兵舎は広く、しかもひとり部屋だった。タイラの私物は少なかったが、武器だけでなく家具や日用品まで多く支給されていた。これが特殊殲滅部隊になった恩恵のひとつに過ぎないのが驚きだ。

後回しにしていた荷ほどきを始めたが、すぐに手は止まった。両の手にレイの汗ばむ肌の感触が残っていた。初任務でレイを抱いた日からずっと寝ても覚めてもレイの姿が頭から離れない。

戦闘後、凶獣の血の臭いがまだ漂っている森の中で、獣のように発情し、体を求めていた……。

いや、獣なのは自分も同じかと、タイラは口元をゆがめた。あのような状況で、よく知りもしない上官と関係を持ってしまったのだから。

雑念を振り払い、タイラは立ち上がった。任務に関してはろくに説明を受けていない。ただ一言、『ハウンドであるレイの補佐をすればいい』ということだけ。無線を通じて命令が下されるまでは待機、訓練すら自主的に行うもので、巡回の任務もない。自己管理していないとすぐに体は鈍ってしまい、いざというときに動けないだろう。

荷ほどきを諦め、タイラはひとりで日課である訓練をこなした。トレーニングの最中にも脳裏になまめかしいレイの姿を思い浮かべている自分に気づき、タイラはかぶりを振った。

あれからレイは一度も顔を見せていない。自分から口実を作らなければ会えないのではないか。一度、レイときちんと話をしなければ。特殊殲滅部隊のこと、バディとしての作戦や連携の相談。そしてあの行為の意味も――。

思い立ったタイラはさっそくレイに会うため、本部にレイの住む兵舎の場所を問い合わせたが、レイという名の少尉など存在しないと言われた。極秘扱いだったか。仕方なくタイラは以前任務に居合わせた運転手と連絡を取り、レイの居場所を教えてもらった。

教わった郊外へ向かう。たどり着いた場所でタイラは間違えたのかと何度も地図を確認した。合っている。ハンドラーは兵舎のひとり部屋だが、レイの住まいは驚くことに、小さいながらも戸建てだった。ハウンドの圧倒的な強さを思えば当たり前だろうが、随分と優遇されている。

レイの家の扉を前に、タイラは背筋を伸ばした。ここでレイが生活しているのかと考えるだけで不思議な高揚感《こうようかん》がある。

チャイムを押す。応答なし。窓から電気の明かりが漏れ出ているので中にいるとは思うが。

「少尉、突然訪ねて申し訳ありません。タイラ＝スミス一等兵です。お話があって参りました」

部屋の中に呼びかけるが返事はない。タイラはドアノブに手をかけた。手応えがなかった。鍵が開いている。タイラの血の気が引いた。もしや彼の身になにかあったのだろうか。

失礼します、と一応の断りを入れて足を踏み入れた。

中は戦闘部隊の多人数部屋よりも広かった。だが、本当に人が住んでいるのかと疑うほどなにもなかった。部屋の隅にキッチンが備え付けられているが使われた形跡はない。窓から差し込む日差しを避けるように、壁際に簡素なベッドがひとつ置いてあるだけだ。それが余計に部屋を寒々しく見せていた。

ベッドの上にレイはいなかった。ベッドの脇に横たわっていた。タイラは慌てて駆け寄る。

「少尉、大丈夫ですかっ、なにかあったのですか」

「……うるさい」

レイは小さく唸ると、のろのろと顔を上げた。軍服のまま、黒いマスクをつけている。タイラを見て、眉を寄せた。

「……なんで、てめえがいるんだ」

「勝手に入って申し訳ありません。何度も呼びかけたのですが返事がなかったので、少尉の身になにかあったのではと思い……どこかお体が悪いのですか？」

「どこも悪くねえよ。で、なにしに来た」

「前回の任務では、準備不足によりふがいない姿を見せてしまったので、少尉に戦闘時の作戦や特殊殲滅部隊のお話を伺《うかが》おうと思ったのですが」

「はあ？　そんなことで……。作戦なんていらねえ。俺が獣どもを殺して終わり。お前は近くで観戦してろ。後処理はやれ」

「し、しかし、自分は少尉を補佐するバディですので」

「バディもなにも、援護なんざ必要ないって、お前が一番わかってんだろ？」

確かに、一小隊を壊滅させていた凶獣の群れを、レイがたったひとりで倒してしまっている。先日もタイラが戦闘に加わる暇さえなかった。

「ではなぜ、自分は相棒に選ばれたのでしょうか」

レイは気だるげに床から体を起こすと、ぼさぼさの頭をかいた。

「……本当になにも知らねえんだな。とにかく化け物部隊は二人一組が決まりだ。任務には来い。あとは好きにしてろ。話は終わりだ。じゃあな」

「いえ、お待ちください。出入り口の鍵が開いておりました。この辺りは郊外で治安がいいとは言えませんので、きちんと施錠しなければ危険です」

「別に、取るもんねえだろ」

タイラは目の前の男を改めてまじまじと見た。この男は誰だ……？　姿はレイに違いないのだが、態度や雰囲気が、初めて見たときのレイとも、初任務のときのレイとも別人のように思えた。高揚していた気分が、現状への戸惑いで萎《しぼ》んでいく。

「失礼ですが少尉、食事はどうしているのですか？」

「言えば誰かが持ってくる。一週間分あれば出なくてもいいし。……ああ、でももう食いもんもないのか、腹減ったな」

「……伺ってもよろしいですか。朝はなにを召し上がったのですか？」

「食ってない」

「昨夜はなにを？」

「尋問かよ。食ってねえ。一昨日は……あー、レーションが落ちてたからそれ食ったな」

タイラは絶句した。戦闘糧食はそんなときに食べるものではない。タイラが唖然《あぜん》としている間にも、レイが「食べるの面倒くさくなってきたな」と言い始めたので、気を取り直す。

「台所、お借りします」と、タイラは背を向けたが、そもそも食料がないと言っていた。自分も相当混乱している。

「なにか食べる物を買ってきます。すぐ戻りますので、来たら戸を開けていただけますか？」

「なんなんだ、さっきから……ああ、餓死されたら困るか。勝手に入ってきたらいいだろ。別に閉めねえし」

レイはひらひらと手を振った。半ば呆然《ぼうぜん》としたまま、タイラは外へ出た。これも夢なのか。戦闘時とは全く態度が違う。憧れていた強い男はどこへ——。いや、とにかく今は食事だ。タイラは急いで商店へと向かった。

出来合いの弁当を調達して戻ってくると、本当に玄関の扉は閉められていなかった。レイは床に座ったまま、さっきの場所から動いていなかった。

「ああ、まともな飯だ」と、レイはタイラから受け取った弁当をのぞき込む。

「早くお召し上がりください。今晩の分も買ってきましたので」

「後で食う」

「はい？」

「お前が帰ってから。俺に食わせたかったら早く用件話して出ていってくれ」

ベッドにもたれかかるレイの態度に腹は立たなかったが、空腹ならすぐ食べればいいのではと疑問は抱く。ひとまずは長居するのも悪いと思い、タイラは深々と頭を下げた。

「先日は申し訳ありませんでした。自分の欲望のままに、その……無茶をしてしまって……」

なんの反応もないので顔を上げると、レイは目を丸くし、タイラを見て固まっていた。タイラが謝罪していることが信じられないとでも言いたげだ。

「許されないことだというのは重々承知しております。いかなる処罰でもお受けいたしますので」

「……え？　あーいや、そういうんじゃねえよ。っていうか、お前が謝ることじゃねえし。言い出したのは俺のほうだ。戦うと……ほらあれだ、アドレナリンのせいで興奮が抑えられねえんだ。それにしてもお前、すごかったな。初めてのくせに遠慮なくてびっくりしたわ」

目を細められ、タイラはいたたまれずに視線を逸《そ》らした。ははあ、とレイは声を上げた。

「なるほどな、今日来た目的はそれか。あの快感が忘れられねえんだな。童貞だったんだろ。悪いな、大事にしてた初めてを俺が奪っちまって。必死に腰振ってたもんなあ」

タイラはかっと赤くなった。レイの痴態《ちたい》が忘れられないのは事実だった。そしてレイに会いに来たのも作戦のためだなんだと理由をつけたが、あの淫らな姿と激しい性行が頭にこびりついて離れなかったから……。

は、と笑って、レイは吐き捨てた。

「でも悪いな。俺には全くその気ねえから——」

「そうではなくっ……ゴホン。あの、申し遅れました。改めまして、今回少尉のハンドラーに任命されましたタイラ＝スミスと申します」

「ん？　ああ、タイラ、タイラか。そういえば名前聞いてなかったっけ。名前覚えるの、面倒くせえんだよ。すぐ入れ替わる奴の名前なんざ覚えるだけ無駄だろ？」

タイラは眉を寄せた。

「これからは変わりません。改めて、バディとしてよろしくお願いします」

「いらねえよ、そんな堅苦しいのは。俺の戦いを見物してりゃいいんだ、ハンドラー」

「その、ハンドラーと呼ぶの、止めていただけますか。俺たちはバディではないのですか？」

「ははっ、対等な関係だと？　ハウンドとハンドラーで変わらねえよ。猟犬と飼い主だ」

「……わかりました。自分に実力がないのは承知しておりますし、少尉のことも存じ上げません。なので、いずれお時間があるときにでも、今後の作戦の打ち合わせを行いませんか」

「わかってねえな。だから必要ねえんだよ。ハウンドの俺が全部殺せばいいんだ。さっきも言っただろ。ハンドラーは飼い犬が任務をこなすか、おいたしないか見張ってりゃいい」

「そうですか。ならば、少尉に任務の遂行を一任する以上、余計に少尉には私生活に気を配っていただかなければなりません。少尉になにかあってからでは遅いので——」

ハンドラーとして戦闘で役に立てない自分が、どうやって相棒であるレイを補佐できるのか考え、ふと、タイラは天啓に打たれた。

「自分もここで一緒に暮らします」

その一言に、だらけていたレイが急に飛び起きた。

「待て！　なんで俺がてめえと一緒に暮らさなきゃならねえんだっ」

「少尉の生活が心配なんです。このままだと任務以外の場所で倒れてしまいます」

「チッ、めんどくせえ。そんなことのためにお前を選んだんじゃねえ。なんだよ、最初の印象と大分違うじゃねえか。お前こんな奴だったか？　周りの人間に興味なんてなかったろ」

自分でも、らしくないことをしているのは理解していた。こうも他人に干渉し、我を通そうとするなど、いつもの自分では考えられない。だがここで引き下がっては駄目だと直感した。

「体調管理も任務のうちです。お言葉ですが、少尉はおひとりで管理できないのではありませんか。今もまともに生活できていないようにお見受けいたしますが」

「お前、上官に対して随分と失礼な言い方じゃねえか」

失礼は重々承知の上だ。ハンドラーの仕事は戦闘面での補助であり、戦闘部隊とは違って寝食まで共にする必要はないし、レイ本人も嫌がっている。だがこのままの生活を続けていれば、本当にレイが危ういと思った。

「それに、少尉を見るのが仕事だと先ほどおっしゃったはず。これも補佐の一環です。バディとはいえ、ハウンドに頼らざるを得ないので、日常生活が原因で任務に支障が出ないように――」

「あーあー、うるせえ、わかったよ。めんどくせえな。もう勝手にしろ」

タイラはぱっと顔を上げた。

「許可していただけるのですかっ？」

「よく上官にもの言えるな。前の部隊でも相当嫌われてたろ。そんなことでいちいち俺に突っかかってきたのはお前が初めてだ。ったく……まあ、いいや。部屋は広いし、あとは勝手にしろ。俺も勝手にする。生活を改めさせようとか軍規に縛りつけてやるとか無駄なことは考えるなよ」

思いがけない同居の許可に、タイラは舞い上がった。改めて頭を下げる。

「はいっ、これからよろしくお願いいたします」

「ふん……」

疲れた、と弁当を傍《かたわ》らに置き、ベッドに横になったレイに別れの挨拶をし、タイラはひとまず兵舎へと帰ることにした。荷ほどきを終わらせなくてよかった。レイの気が変わらないうちに部屋を移る手続きや準備をしなければならない。

タイラは自分の足取りが少しだけ弾んでいることに気づいた。なんだかんだ理屈を捏《こ》ねたが、結局はレイと一緒に暮らして、レイの側《そば》にいたかったのだ。

こうも気持ちが浮き立つのは生まれて初めてだった。

◆

タイラはレイの了承を得たその足で、転居の申請をした。今更ながら同居の許可が出るのかと不安になったが、あっけなく許可は下りた。その日のうちにタイラはレイの家に荷物を運んだ。これですぐに出ていけとは言わないだろう。

ワンルームだと思っていたが、奥に小部屋があった。自分が居候《いそうろう》の身なので、その部屋に住まわせてもらうとタイラは申し出たが、「俺は寝る場所だけあればいい。ひとり部屋が欲しい。それにここはお前の部屋というよりはダイニングとかも兼ねるだろう」とレイが言ったので、広い部屋をカーテンで仕切り、一部をタイラの部屋にした。

レイのベッドを小部屋に運び入れると、タイラは荷物を解いた。私物は軍装や自費の装備、数冊の本など、抱えられる程度のものしかない。あとは家具類だ。転居の際に駄目元で申請するとあっさりテーブルやタイラ用のベッドなど最低限の家具が貰えた。

家具が増えても、無機質で生活感のない部屋という印象は未だ拭えなかったが、日常生活に支障がなければいいだろう。これからレイとの共同生活が始まるのだと思うと無性にそわそわと落ち着かなかった。

気づけばもう日が暮れている。その間、レイは自分の部屋から一歩も出てこなかった。一度昼食を運んだが、外から呼びかけても返事はなかった。寝ているなら起こすのも悪いと思いそのままだったが、夕方になっても昼食に手をつけた様子はなかった。

歓迎されていないのか。タイラは冷めた食事を片付け、レイの部屋をノックする。しばらく待つ。中で倒れているのではと不安になったところで、ドアが開き、レイがのそりと顔をのぞかせた。部屋の中でも黒いマスクをつけたままだった。

「片付け、終わったのか」

「はい、家具は一通り配置いたしました。なにか必要なものがあれば後日買い出しに行きますが」

レイは顔だけ出して部屋の中を見回した。

「ふーん。なんか狭くなったな」

「すみません、必要な家具を入れてみたのですが、多かったでしょうか？」

「いや、普通の家ってこんなもんなんだろ。別に、今日からお前の家でもあるんだから好きにやってもらってかまわねえよ……って、なんだよ、そのだらしねえ面」

タイラは自分の口元に触れた。僅かに口角が上がっている。自然と笑みを浮かべていたようだ。レイ自身はなんともないことのように言ったのだろうが、『お前の家でもある』という言葉がタイラの心に深く染み込んだ。

動揺を誤魔化すように、タイラはキッチンを指さした。

「これから食事にしようと思います。昼食も召し上がっておられませんよね。なにか食べたいものがあれば用意いたしますが、希望はございますか？」

「え、お前が作るのか？」

「簡単なものしか作れませんし、少尉の舌に合うかわかりませんが……」

「いや俺は毒が入ってさえいなきゃ、多少腐っていようとなんでも食える」

冗談なのか、料理の腕を期待されていないのか。さすがにそこまではひどくない。

「承知いたしました。では今から準備いたしますので、少々お待ちください」

タイラはキッチンに立つと腕まくりをし、調理に取りかかる。レイも部屋からのそりと出てくる。休んでいただろうに軍服で、手袋もしている。任務のときと同じ服装だった。

レイは新しいソファの座面を押して感触を確かめると、その上にごろりと横になった。ソファの脇に置いてあった兵法の本をぱらぱらとめくっている。

同じ空間にレイがいると思っただけで気持ちが高揚した。部屋の空気まで温かくなったように思える。これからはこんな毎日が続くのだ。自然と食材を並べる手も速くなる。

凶獣の出現により昨今では食糧難が問題になっており、食材の値段も高騰《こうとう》している。しかしタイラは自費で肉や野菜を買ってきていた。酒も煙草も嗜《たしな》まないタイラにとって、今までの給金は使い道がなかった。レイのためなら高い買い物ですら痛手だとは思わない。

兵士にとって食事は重要な問題だ。ろくな食事をしていなかったレイに栄養のあるものを食べて欲しい。そう思いながらキャベツを取り出し、外側の葉をちぎったところで、

「あ、野菜は食べねえから」

と、レイの声が飛んできた。

「お嫌いなんですか？　先ほどは多少腐ってようとなんでも食える、とおっしゃっていましたが」

「野菜は例外だ」

「……お言葉ですが、それでは栄養が偏《かたよ》ってしまいます。苦手でしたら自分が工夫しますので」

「うるせえな。軍規に縛るんじゃねえ。上官命令だ。野菜入れるんじゃねえぞ」

軍規も上官命令も意味がわからなかったが、タイラは大人しく従うことにした。特殊殲滅部隊らしくない、駄々を捏ねる子供のようだ。本当に任務を共にした少尉と同一人物なのかと疑念すら芽生える。美しい見目を見間違うはずはないので本物のレイだとは思う。

数十分後、料理が完成した。皿の上は調理法が変わっただけの肉のみになってしまった。お待たせいたしました、とレイの前に料理を置き、タイラは緊張しながら反応を窺《うかが》った。レイはトレーを持つと、立ち上がって背を向けた。

「あの、少尉、どこへ行かれるのですか」

「飯はひとりで食う」と、レイは自分の部屋に戻っていってしまった。

タイラはひとりで食事をとった。残念には思うが、他人と一緒に食事をとるのが苦手な人もいるだろう。料理は自分なりにうまくできたと思う。レイも美味《おい》しいと思ってくれるといいが。

後片付けをしているとレイが部屋から出てきた。完食していたのでほっとする。

「お口に合いましたか？」

「ああ。どれも美味《うま》かったぞ。飯作れるなんてすげえな」

素直に感心され、ぱっと感情の乏しいタイラの顔が輝いた。簡単な料理でも美味いと言ってくれるなら、もっと料理の勉強をしようと思える。少しはレイとも距離が縮まったのではないか。

トレーをタイラに渡すと、レイはソファに横になった。姿を見せているときは基本的にソファに横になっている姿しか見ていない。体も重そうで、随分と疲れが溜まっているようだ。

「少尉、お疲れでしたらマッサージでもしましょうか」

体に負担がかかっているのなら、半分以上はタイラがレイの体を貪ったせいだろう。タイラに経験はないが、戦闘部隊でも先輩兵の肩を揉んでいる初年兵を見たことがある。

また感心されるのではないかと期待しながらタイラは手を伸ばした。だが、レイはものすごい勢いでタイラの手をはね除けた。

「俺に触んなッ。……腹いっぱいで眠いだけだ」

「も、申し訳ありませんでした……」

激しい拒絶にタイラはショックを受けた。確かに許可なく触れようとしたのは失礼だった。

他人との距離感がわからない。今まで同居など経験がない。まして他人と距離を置いてきた分、接し方がわからなかった。早く仲を深めたいと気がせいて、自然とレイに近づきすぎているのかもしれない……。

翌日からタイラはレイとの距離を気にするようになった。買い出しから帰ると、レイは相変わらず軍服にマスクと手袋姿のまま、ソファの上で目を瞑《つむ》っていた。眠っているのだろうか。長い睫に吸い寄せられそうになるが、あまりレイにかまっても嫌われそうだ。

食材調達のついでに買ってきた本を読もうと、ソファの空いている場所に腰を下ろした。眠っている間なら近づいても拒絶されないのでほっとする。

ページを開いたところで、「なに読んでんだ」と声がして、タイラは飛び上がった。

「なんでそんな驚くんだよ。エロ本か？」

「いえ、眠っていらっしゃると思ったので……読んでいるのは作戦指揮の本です」

「つまんねえもん読んでんな。そっちの飯が描いてある本読めよ」

と、レイは料理本を指した。彼が食べてくれそうな野菜料理を探すために買ってきたものだ。しかし読めとはどういうことか。今まではタイラの本を眺めている様子も見たことがあるが。

「よろしければお貸しいたします」

「いらねえ。俺は字が読めねえんだよ。……ああ、今まで本めくってたのは中の絵とか写真見てただけだ。お前が持ってきた本は字ばっかだから駄目だな。ほら、さっさと読めよ。上官命令な」

こんなところで上官命令を振りかざさなくてもいいとは思うが、レイに頼まれれば断れるわけがない。とは言っても、読めと言われたのは料理本だ。タイラはしばし悩み、仕方なく、料理名から材料や調味料の分量、作り方の行程を淡々と読み上げる。

「もっと感情込めて読めよ」

「どこに感情を込めればよろしいのですか？」

「肉とか野菜の気持ちじゃねえか？」

「……切り刻まれたり、熱湯に入れられたりすると考えると、悲痛なものになりますが」

タイラの言葉に、レイは噴き出し、ははは っ、と笑い声を上げた。共同生活を始めて、初めて聞いた笑い声だった。もっと喜んで欲しい。もっとレイの笑顔が見たい……。跳ねるような明るい声にタイラの心も弾んだ。


後日。タイラは買い出しのついでに街の小さな書店へと立ち寄った。

レイは字が読めないという。ならば眺めるだけでも楽しめる写真集がいいだろうと、適当に数冊選ぶ。ふと、カラフルな蟬《せみ》の絵が目に入り、足を止めた。絵本コーナーだ。案外こういった絵本を楽しんでくれるかもしれない。レイには子供らしい一面があったことを思い出し、タイラは小さな子供に混じって、蟬の絵本を一冊手に取った。

「タイラ?」

声をかけられ、タイラは思わず絵本を落とした。小柄で目がくりっとした男、セージがいた。

「久しぶりだな。三週間ぶりぐらいか。まさか本屋で会えるなんてな。なにやってんだ、こんなところで」

セージはタイラが落とした絵本を拾って、タイラの顔を見た。

「……お前、もしかして、子供ができたから戦闘部隊辞めたのか?」

「違う、そういうわけではない」

「じゃあなんだったんだ。異動先、補給部隊だったよな。詳しく聞いてなかったけどさ、この絵本、なにか関係があるのか?」

タイラは言葉を濁した。特殊殲滅部隊のハンドラーになってバディのために絵本を選んでいる、などとは言えない。

「ま、昼間っから街を歩いてんだから時間あんだろ。俺も今日は休暇なんだ。よかったらこれから飲みに行かないか？」

以前の自分ならすぐに断わっていただろう。誰かと飲んだこともない。だが、まだ食材を買う前で、断る口実も思いつかなかった。それにタイラもセージになにか惹かれるものがあった。レイとの距離の詰め方に悩んでいる今、セージの他人との距離感は見習いたい。

少しだけなら、という条件で了承すると、「本当か！」とセージは心底嬉しそうに笑った。

書店で会計を済ませてセージに連れていかれた飲み屋は昼過ぎにもかかわらず繁盛していた。慣れた様子でセージは席を取り、「俺のおすすめでいいか？」と手際よく酒とつまみを注文した。やってきた安酒を一気に呷《あお》ると、セージはにこにこしながら一方的に近況を話した。他人と一対一で雑談するのに苦痛は感じなかった。

セージは食事が一段落すると、おもむろに小瓶から錠剤を取り出し、口に放り込んだ。

「どこか悪いのか？」

「ん、いや、少しな。やっぱりこんなご時世じゃ不安にもなるだろ？　精神安定剤というか、栄養剤みたいなものだ」

タイラの目は自然とメーカー名を探していた。ソテル社。安価が売りで、輸出入が難しい現状にも関わらず最近国内で販路を拡大している外国の製薬会社だ。

「タイラも気になるか？　四之森《しのもり》薬品工業とかの国内メーカーじゃねえけど安いからな」

「いや、俺はいらない。薬の飲みすぎは体に悪いから、ほどほどに……なんだ？」

セージはぽかんと口を開けていた。

「どうした、随分と俺のこと心配してくれんじゃん。前は食堂で一緒に飯食ってもだんまりだったのに。ちょっと会わない間にお前も変わったなー。これも部隊が変わったからってことか？」

タイラの脳裏にレイの姿が浮かんだ。変わったように見えるのなら、原因はレイ以外に考えられない。が、それをセージにうまく伝えられるほど、タイラは口が達者ではなかった。

「ま、タイラも詳しく話せない事情があるんだろ？　深くは聞かねえよ。とりあえず元気そうでよかった。互いにな」

「お前は本当に元気なのか？　さっきも薬を飲んでいたが」

「……誰でも不安なことが多いと思うぞ。俺も薬に頼るぐらいにはな。不安定な世の中だし、いっそふて寝しちまいてえよ。なあ、知ってるか？　コールドスリープ。金持ちのモグラの中にはコールドスリープをして、平和な世界になったら起こしてもらおうって奴もいるんだろ？」

セージの言う通り、凶獣が闊歩する世界では、地下都市でも絶対安全だとは言えず、後世に期待して眠っている人間はいる。目覚めたとき、肉体は眠った当時のままの状態を保持し、世界は凶獣の脅威が過ぎ去った後というわけだ。ようは他人に丸投げして、身勝手な振る舞いをしているに過ぎない。タイラが知っているだけでも、そういう人間はいた。

「……逃げているだけだ。俺は理解できない」

「そっか。まあ地上の平民は地下都市にすら行けねえから、コールドスリープなんて夢物語か。……にしても、今の発言といい、タイラは強いよな。だからなんでもひとりでやっちまうだろ。それがたまに心配だよ。ひとりが気楽なんだろうけどさ、人ってやっぱ、支え合わなきゃ生きていけねえもんだろ。だからさ、俺のことも頼ってくれよ。頭は悪いけど一緒に悩んでやれっから」

顔を赤らめ、呂律も怪しくなってきたセージの言葉だったが、なんだか頼もしく思えた。人を頼るのも必要かもしれない。タイラは重い口を開いた。

「……セージ、その、聞きたいことがあるんだが」

言い終わるよりも早く、セージは嬉しそうに身を乗り出した。

「なんだっ、なんでも聞いてくれ！」

「や……野菜が嫌いな奴に、野菜を食べさせるにはどうしたらいい？」

セージはしばらく目を点にしていたが、やがて、わははーと腹を抱えて笑った。

「なんだ、やっぱり隠し子がいたんじゃないか。水くさいな、祝わせろよ。男、女、どっちだ？」

そうじゃない、と否定するのも面倒くさくなって、タイラは酒を飲んだ。

「怒るなって、タイラ、悪かったよ。野菜だろ、そんなもん別に難しく考える必要はねえから。野菜があるって先入観があるから駄目なんだ。細かく刻んで入れちまえば、案外わかんないもんさ。あと、事前にプレゼントで機嫌よくして、気を逸らしとくとかな」

「なるほど」と、タイラは頷く。今度試してみよう。

その後は他愛のない話をした。セージはタイラの現状を深く問い詰めることはしなかったし、タイラも薬に頼るほどのセージの悩みを聞き出さなかった。

ふと、セージが声を落とした。

「タイラ、お前本当に変わったな。昔はもっと近寄りがたかった。というか、お前が壁作ってただろ。だから今こうして話してんの楽しいよ。今の部隊、いいところなんだな。安心した」

「ああ……」

レイと出会えたことが自分にとってプラスになったのなら、あの日の運命的な出会いに感謝しなければならない。

「さて、ちと早いがここらでお開きにしようか。タイラ、今日はありがとな。楽しかったぞ。生きてたらまた会おう。今度はお前が美味い酒を奢《おご》ってくれよ」

「わかった。またな」

酔っていたのか、タイラの口からすんなりと言葉が出た。

セージは満面の笑みを浮かべ、手を振って去っていった。タイラも自然と手を上げていた。不思議な感覚だった。友人というのはこういう関係なのだろうか。悪くない気分だった。

買い出しを済ませ、レイへのプレゼントも持ったタイラは、上機嫌で帰宅した。

「酒くせえ」

タイラの姿を見るなりソファでくつろいでいたレイが吐き捨てた。一杯しか呑んでいないが、そんなに臭うだろうか。

「これ以上近寄るな、喋るな、息もするな。ったく、酒飲みなんて聞いてねえぞ。これから勝手に飲んできやがったら追い出すからな」

喋るなと言われた以上、弁解もできない。レイは自室にこもってしまった。タイラはプレゼントを持ったまま立ち尽くした。セージと再び飲みに行くのは当分先になりそうだ。

翌日の夕刻。自分の匂いを確かめてから、タイラはレイの部屋の扉をノックした。

「昨日はすみませんでした。実は少尉に本を買ってきたのですが、見ていただけませんか」

眉間に皺を寄せたレイが部屋から顔を出す。タイラの持っている本を見て、むすりとしたまま部屋から出てきた。相変わらずマスク姿だが、匂いはクリアしたようだ。

レイの好みがわからなかったので手当たり次第に買ったが、レイは文句も言わず、隅々まで目を通している。どれも気に入ってくれたようだ。子供向けの絵本だけは、「馬鹿にしてんのか」と片眉を上げたが、ソファに寝転びながら熱心に眺めていた。

「おい、上官命令だ。この蝉のやつ読め」と命じられ、タイラは絵本を読み聞かせた。隣に座るレイとの距離が嬉しい。レイは絵本特有の超展開に「意味わかんねえ」と笑っていた。機嫌も直ったようだ。そんなレイの姿に、タイラの頬は自然と緩んでいた。

頃合いを見て、「夕食を温め直してきます」と、タイラは席を外す。セージのアドバイスを思い出していた。この調子で野菜も食べてくれるかもしれない。

野菜は食べないと言われたものの、やはり栄養の偏りが気になる。健康にも気を遣ってもらわなければ。以前はキャベツを剝《む》いただけで気づかれてしまったので、すでに刻んだ野菜をハンバーグに入れ込んである。見た目は肉だけのように見える。香りもソースで誤魔化せているはず。

「お待たせしました」と、パンとスープも共に乗ったトレーをテーブルに置く。気のない風を装いつつ、レイの反応を眺めた。これで部屋から出てきたレイの皿が綺麗になっていれば、これからもこの技を駆使《くし》して野菜を食べさせることができるのだが。

レイは名残惜しそうに絵本を閉じると、いつも通りトレーを持った。が、ぴたりと止まった。

レイはじっとハンバーグを見て顔を近づけ、じろりとタイラを睨んだ。

「……お前、野菜入れやがったな」

「な、なんのことですか」

「野菜食わねえって言っただろうが。騙《だま》しやがって。もういらねえ」

「え、ちょ、少尉」

レイはパンだけ摑み、絵本を持って部屋に引っ込んでしまった。なぜばれてしまったのだろうか。作戦失敗だ。タイラは控えめに、レイの部屋の扉をノックする。

「少尉、申し訳ありません。もう野菜は入れません。罰ならなんでもお受けいたしますので」

不機嫌な表情のままレイが部屋から顔を出した。

「……なんでも？　なんでもいいのか？　今、なんでもするって言ったよな」

「自分に可能なことであれば、なんでもいたします」

レイは一度中に戻ると、蝉の絵本を持って出てきた。

「読め。読んだら許す。感情込めて読めよ。で、続きあるなら買ってこい。命令な」

レイはソファに座り、頬杖をついた。タイラも隣に座り、絵本を開く。兵士同士で絵本を読み聞かせるなど変わった光景だが、タイラにとっては穏やかで、かけがえのない時間だった。

戦うレイとの差違に戸惑いつつも、目を輝かせて絵本を眺めるレイの側にいると、くすぐったいような不思議な気分になった。レイといると初めての感情ばかり抱いたが嫌ではなかった。

レイの横顔を見つめるタイラの口元には、自然と微笑が浮かんでいた。

◆

「目障《めざわ》りなんだよッ。さっさと消えろ！」

レイが叫びながら目の前の凶獣を斬り伏せていく。タイラは彼を追い、黒い肉塊に銃でとどめを刺した。もう五回任務を共にしているが、いつもレイの背中を見つめ、目を輝かせる。

普段のレイも魅力的だが、タイラが強く惹かれるのはやはりこの強さだった。凶獣の血に染まりながらも楽しげに蹂躙するレイは綺麗だった。タイラの過去も、この鬱屈《うっくつ》した世界すら破壊してくれそうな無類の強さ。あの凶獣をなぎ倒す圧倒的な存在――。そんなレイを目の当たりにするたびに、タイラはぞくぞくと震えた。

タイラはただ、地に伏した凶獣の心臓に無駄弾を撃ち込んでいくだけだ。作戦指示も、援護射撃すら必要ない。バディである自分の存在にすら疑問を覚える。ハンドラーの役割とは、ハウンドであるレイが暴走しすぎないための制御係ということか。ただの雑用係に過ぎないのか……。

いや、些末な疑問などもはやどうでもよかった。普段の子供のような姿、だらけた姿とは違うレイ。憧れの彼の側にいられることに、タイラの心は満たされていた。

森は静かになり、地面には黒毛の死体が転がっていた。レイはひとりで一区画分の凶獣の群れを殲滅してしまった。時間にして数十分もかからなかったが、レイは息を荒くしていた。

「少尉、お疲れ様です。お体は大丈夫でしょうか」

「……んなわけねえだろ、熱い。早くやるぞ」

任務の後にはレイの興奮を収めるため、セックスするのが当たり前になっていた。はじめはレイの豹変《ひょうへん》ぶりに戸惑っていたタイラだが、次第にレイが自分の手で淫らによがってくれることに喜びを感じ、またレイの魅力や感触に溺《おぼ》れていった。任務の一環だとしてもレイを抱くことができるなんてなんと幸運なのだろう。

今回も例に洩れず、レイは顔に飛び散った凶獣の血を拭う間もなく、欲望に濡れた黄色の瞳を向けた。どうやら戦闘時から戦闘後にかけてレイの目の色は変化するようだ。興奮によるものだろうか。レイはタイラにすり寄り、ベルトに手をかける。

「ほら、早く勃たせろ」

「待ってください。やはり、こんなところで事に及ぶのはお辛いのでは?」

「駄目だ、今すぐじゃねえとこの興奮、どうすることもできねえんだよ……」

レイはそう言って吐息混じりに訴え、タイラの股間を擦りながら肉棒をねだった。

だがセックスが終わって家に戻った後は、ろくに動きもしないのだ。戦闘で放出されたアドレナリンのせいで興奮すると言っていたが、それにしても普段とは人格まで変わったような様子は、あまりにも極端だ。セックスは戦闘後、つまりいつも野外で着衣のまま後背位で繋がる。それがレイの負担になっているのではないか……？

「なあ……早くしろって、いつもみたいに犯してくれよ」

タイラのベルトを外し、下着の上からペニスをくすぐっていたレイを、タイラは引き離した。

レイを突っぱね、ベルトを締め直す。

「少尉、今日は家に帰るまで少尉に触れません」

「はあ？　なに言ってんだ。待てねえよ、俺、もう辛いって、早く……」

タイラの服を摑んですがるように見上げるレイが目元を紅潮させ、潤んだ瞳を向けてくる。

「頼むから……」と、小刻みに震える姿に屈しそうになるが、タイラは顔を背けた。

「――っ、いえ、いけません。これ以上、少尉の体に負担をかけられません。いつも任務から帰った後はろくに動けないではありませんか。今日はなにもせず、早く帰還しましょう」

「別にそれは、セックスしたからってわけじゃ……。くそっ、わかったよ、家まで待てばいいんだろ。さっさと行くぞ」

タイラの意思が固いと判断したのかレイは折れた。車のある場所まで二十分ほどか。

レイが発情するのは戦闘後の僅かな時間だけで、その間性欲を抑え込めればセックスしなくても平気なのではないか。レイを抱けないのは残念だが、彼の体のためを思えばそのほうがいい。

タイラは帰路を進んだ。レイがついてくるが、足取りはおぼつかない。歩くのも辛そうだった。戦闘直後よりも汗をかき、息を弾ませている。

見かねてタイラが近づこうとしたときだった。レイがその場にへたり込んだ。大丈夫ですか、と駆け寄ったタイラの服の裾を、レイが摑む。

「なあ、服が擦れて体が熱いんだ。股も擦れて気持ち悪い……。頼む、もうここで抱いてくれ」

レイはズボンの股間部分をぎゅっと摑んでタイラを見上げた。そのまま押し倒したい衝動が湧き上がるが、拳を握って堪《こら》えた。ここで抱いたら以前と変わらない。

「……それはできかねます。もう少し耐えてください。歩くのが辛いなら自分が運びますから」

「っ、やめろ、俺に触るな。お前の匂いだけでも辛い。離れて歩け」

レイはふらふらと立ち上がり、再び歩き出す。タイラはレイの様子を確かめながら、言われた通り、先を進んだ。

ようやくふたりは車に乗り込んだ。装甲車は運転席と後部座席が区切られており、後部座席はシートが二列に分かれている。タイラは後ろに乗り込み、レイは前列のシートに座った。

だが閉鎖された車内のほうが外よりもレイとの距離が近く、互いの汗の匂いも感じ取れた。まずい。タイラが危惧したときだった。レイがシートを乗り越えて後列に回り、タイラの膝の上に乗った。

「っ、少尉！　なにを」

「もういいだろ。散々待った、我慢できねえ……。これ以上はおかしくなりそうだ」

「少尉、いけません、家まで待つと……っ」

レイが慣れた手つきでタイラのベルトを緩め、ズボンのジッパーを下ろした。下着から取り出され、あらわになったタイラのペニスを見て、レイが眉を寄せる。

「なんで勃ってねえんだよ、チッ……しょうがねえから勃たせてやる、お前も早く発情しろよ」

レイは自分のズボンを下着ごと下ろした。レイの性器は勃起していなかったが、すでに先端から糸を引く蜜を垂らし、下着は小水を漏らしたように染みを作っていた。レイはナイフを取り出すとズボンの股の部分を下着もろとも引き裂いた。太腿までズボンを身につけているのに性器と尻は丸見えの状態だ。

「少尉、なにをやっているんですかっ」

「うるせえな。脱ぐのもめんどくせえんだ。いい子のお前は行儀よく座ってればいいからよ」

車が動き出すと同時に、レイはタイラの半分勃ち上がった男根の上に座った。熱く蕩けた双丘に押しつぶされる。レイは自分の濡れた隘路《あいろ》と肉玉を、タイラのペニスに擦りつけ始めた。

「ん。あっ、あぁぁ、すごい、これ……ぬるぬるしてて……んっ、熱くて、気持ちいい……」

「う、くっ、少尉……っ」

レイの溢れた蜜でぬるぬると滑りはいい。タイラの中心はすぐに大きくなり、レイの肉玉を押し返そうとする。前後に腰を揺らし、性器を擦りつけているだけなのに、レイは気持ちよさそうに眦《まなじり》を下げ、濡れた吐息を漏らした。

タイラは歯を食いしばり、シートに爪を立てた。

「だ、駄目です、少尉っ、こんなところで、声だって……っ、運転席に聞こえてしまうかもしれません」

「んっ、ああ……そうだな、あんまり騒ぐと、ふふっ、運転手が怪しんで見に来るかもな。俺は別にいいけど、あんっ……お前は見られて、平気なのか？」

タイラは慌てて手で口元を押さえた。車は動き出しており、よほど騒がなければ気づかれないだろうが、声を上げれば不審に思った運転手が様子を見に来るかもしれない。

タイラが大人しくなると、レイは目を細め、さらに激しく腰を揺らした。挿入しているときのように、ぐちゅぐちゅと水音が立った。音に合わせてレイの中心がふるふると揺れる。勃起していないレイの性器は蜜を流し、タイラの黒い叢《くさむら》を濡らした。

「あは……んっ、お前の、硬くて、どんどん大きくなってきた。熱くて、びくびくしてる……。んっ、あん、ほら、もう俺の中に入れたくなってきただろ？　ちゃんと言え」

レイの扇情的《せんじょうてき》な姿ともどかしい刺激に、タイラの男根はすぐに太い幹へと成長した。レイの愛液を纏った赤黒い欲望の証《あかし》がぬらぬらと光っている。上官の肉筒を貫く感触を思い出し、太い血管がぴくぴくと逸った。

「……くっ、少尉、お願いします……。俺のペニスを、少尉の中に入れさせてください」

「はは、正直に言えて偉いな。じゃあ、いい子にはご褒美《ほうび》をあげなくちゃな」

レイは腰を浮かせると、慣れた手つきでタイラの屹立を自身の中に収めた。収縮する蕾をこじ開け、熱い粘液に包まれる。レイは首をのけぞらせ、あ、あ、と小さく喘ぎながら、ぐぷぐぷと反り返った怒張を飲み込んでいく。

「あ、はあっ……すごい。いつもより、大きいんじゃねえのか。奥まで当たってるのに、全部入んない。運転手に聞かれるかもしれねえから興奮してんのか。本当に、お前は、変態だな」

レイは窓の縁に摑まって体を支えながら腰を動かし始めた。結合部と己の蕩けた陰茎を見せつけるように上体を後ろに倒す。車内に充満する汗の匂いと響く水音が脳を侵食し、外で繋がるよりもタイラを興奮させた。

いつもと違うシチュエーションに興奮しているのはレイも同じだった。肉襞は悦《よろこ》んで絡みつき、レイはぎりぎりまで引き抜くと、体重をかけてぐっと骨盤を押しつける。楽しそうにタイラの上で跳ねながら嬌声を上げた。

「あ、ああんっ、ひぁ……あんっ、いい、ああっ」

「っふ……少尉、駄目です。っ、そのやらしい喘ぎ声を抑えてください……っ」

「あう……っん、なんで……? はぁん、聞かせてやれば、いいじゃねえか、ああっ」

これ以上レイを刺激しないようタイラは下唇を嚙んで理性を保った。レイが満足するまで好きにさせて、自分から手を出さないよう耐えればいい。だがレイは、タイラの努力をあざ笑うかのように、巧みに腰を回し始めた。

「こら、俺ばっかり動かしてサボんなよ。お前も下からガンガン突いてくれ。それとも、いつもみたいに後ろからのほうがいいのか？　犬みたいにガツガツ腰振るか？　俺も自分でするより、お前にいっぱい突いて欲しいんだけど」

レイは一度タイラの屹立を引き抜くと、くるりと体を反転させた。上着を着たまま尻を突き出す、見慣れたレイの背中だった。タイラに背中を向け、もう一度挿入する。

「あ、ああ――あっ、ほらほら、ちゃんと奥まで入ったぞ。我慢するな、突けよ、命令だ」

男根を飲み込み、手袋をした手で双丘を割り開く扇情的なレイの姿に、タイラの頭の中でなにかが切れた。レイの腰を鷲摑みにし、一気に突き上げる。

「あひいっ！」

レイが甲高く叫ぶと、くにゃりと体から力が抜け、前列のシートの背もたれにもたれかかった。

タイラは後ろからレイの口元をマスクごと手で覆った。

「俺が動きますから、声、我慢してください」

レイの口元を押さえたまま、タイラは抽挿を開始した。しかし力任せに最奥を叩くのではなく、いつもよりは大人しく肉壁を擦った。レイは不満なのか、タイラが引き抜くときに腹に力を入れて内を締めつけた。自ら腰を掲げて尻を振り、抽挿のリズムに合わせて奥に当たるように動いている。ぱんぱんと肉のぶつかる音が車内に響く。汗が滴り、二人の熱で窓ガラスが曇った。レイは息苦しそうで、時々びくりと痙攣し、タイラの肉棒をきつく締め上げた。

「んむ、んんっ、ふ……むんん、あぅ、いいっ、いいい、っ気持ちいい、もっとぉ……」

熱さと快感でタイラも頭がぼうっとし、いよいよ我慢できなくなった。レイを前に淫欲を抑えるなど無理な話だ。次第に箍《たが》が外れて、いつものように欲望のまま、レイの尻に腰を打ちつけた。

タイラの獰猛《どうもう》な獣を最奥にぶつけるたびに、レイは歓喜に震える声を上げた。

この声を遮るなんて許されない所業だ……。いつの間にかタイラはレイの口元を覆っていた手を取り、もっと鳴いて欲しいとさらに奥を穿った。

「つあ、ああん！　はあぁ……いい……いくぅ、もう、も……っあ、あ、あぁあ！」

レイが手袋をはめた手でシートを引っかき始めた。そろそろか。

車内を汚すわけにはいかない。タイラは突かれるたびに精液を漏らすレイの性器を握った。その瞬間、レイの体がひときわ大きく跳ねて、ぎゅっと中を締めつけた。

「ひぅっ！　だっ、駄目、やっ……そこは、んあっ、触るなぁ……あ、くぅ……っ」

いつも萎えているので性器は感じていないのかとも思ったが、挿入したときよりも直接触れるほうがレイの感度がいいように思えた。タイラが硬い手のひらでくにゅくにゅと花芯を揉むと、びくんっといい反応を見せるので、竿を擦り、陰嚢《いんのう》を手の中で転がした。そのたびに勃起はしないがレイは引きつった嬌声を上げ、体を痙攣させながら蜜を吹き出し続けた。

「つ、やめっ、離し――あああっ、どっちも駄目ぇ、ぇ、あん、ひいい、いくぅっ！」

レイはすぐに絶頂を迎えた。びゅくびゅくと、タイラの手の中に白い蜜が溜まる。一度達しただけでこんなに溢れさせるなら、手だけで全てを受けとめるのは難しいかもしれない。

タイラは一旦手を離すと、手のひらに溜まったレイの精液をすすった。うまい。温かく青臭い白濁が舌に絡みつく。濃い男の精液がタイラには甘美に感じた。ごくりと喉を鳴らしたタイラを、レイが振り返って見る。見開かれた黄色に輝く瞳がタイラを捉えていた。

――綺麗だ。

衝動に駆られ、吸い込まれるようにタイラは近づいた。マスクが邪魔だ。これではレイの唇に届かない……。タイラは口を開き、恍惚《こうこつ》に吐息を漏らしたが、レイはふいっと顔を背けた。

はっとタイラは我に返り、なにをしているんだと自分の行動を恥じた。レイが欲しているのは性欲を発散することだけで、口づけなど求められていないというのに。

気まずさを誤魔化すように、レイの敏感な場所を責めた。レイが達すると同時に、タイラも腹の中に白濁を注ぐ。

濃密な交わりの後でも、レイの興奮は収まらなかった。弾む息を整えながら自ら腰を揺らし、新たな子種を促している。発情後しばらく我慢していた分、強烈な愉悦を求めているのかもしれない。それはレイの体に溺れるタイラも同じだった。当然の流れのように、埋め込んだ楔《くさび》を抜くことなく、そのまま行為を再開し、場所も時間も忘れて没頭した。

◆

ようやくレイがぐったりと力をなくし、興奮も落ち着き始めたところで、車が止まった。家の前だ。レイは破れたズボンをベルトで固定し、タイラの上着を腰の辺りで巻いて隠した。

車を見送り、時間を確認すると、到着予定時刻はとっくにオーバーしていた。運転手が気づいて遠回りしたのだと思うと、いたたまれなさと恥ずかしさで、タイラは顔を覆った。

任務は月に二度ほど不定期に無線に指示が入るだけで、それ以外は平和と呼べる日々だった。

レイの子供っぽい我《わ》が儘《まま》に振り回されるのは大変だったが楽しかった。他人に興味がなかった自分が、我を通してレイと同居し、レイと過ごす日々に楽しみを見いだしているなど、昔の自分では考えられないことだった。以前、セージにも指摘されたが、レイと出会ってから、自分でも驚くほど別人のようになっていた。

ある日、レイはソファから起き上がると、タイラに本を差し出した。

「おい、暇なら本読めよ」

「一応報告書を纏めているつもりでしたが……どの本ですか」

手を止めたタイラに、レイは蝉の絵本を差し出した。随分と気に入ってくれたようだ。すでに何度も読んでいるのでタイラはすっかり覚えてしまった。

「またこれか、って思ってんだろ。自分じゃ読めねえから仕方ねえだろ。もう少しで覚えるからそれまで待てよ。お前も覚えられて得じゃねえか」

読めないから丸暗記しようとしているのか。健気《けなげ》な努力だった。読めと頼まれれば断わらないが、自分が外出している間もレイが読みたいと思うことがあるならそれも難しい……。

「あ、そうです少尉、字を読めるように勉強しませんか？」

タイラの提案に、レイは眉をひそめた。

「……俺には必要ねえよ。ハウンドなんて、戦うだけだし」

「そんなことありません。今だって絵本を読みたいと思われたではありませんか。任務以外の時間はありますし、一度覚えればこれから先は、好きなときに好きな本を何度でも読めますから」

これから先ね、とレイはしばらく考え込んでいたが、

「……まあ、お前がそこまで言うなら」

と、頷いた。

タイラは新品のノートとペンをレイに渡した。レイはペンを拳で握ってノートを睨んでいる。

「先に言っとくけど、俺、本当にできねえからな」

「大丈夫ですよ。俺は勉強するのが苦手ではありませんので、とことんお付き合いいたします。まずはペンの持ち方からですね」

「うへえ」と、眉をひそめるレイを無視し、さっそくタイラはペンの持ち方から教えることにした。乗り気ではなかったのですぐに飽きるかもしれないと思っていたが、アルファベットの書き方から教えると、意外にもレイは真面目に取り組んでいた。「レイ……、せみ……」と呟きながら、タイラの書いた見本を丁寧に書き写している姿は、年上の上官なのに微笑ましい。

じっと見つめていると、顔を上げたレイと目が合った。

「下手くそだろうが。あんま見んな」

「うまく書けていますよ……そこは綴《つづ》りが間違っているかと」

しばらく書いていたレイが、ふと手を止めた。

「……なあ、なんでお前、こんな俺にかまうんだよ」

「それは……」

どうしてだろう。タイラは言葉に詰まった。バディだから、レイを補佐するハンドラーだから、と言うのは簡単だった。だが、その一言で言い表せるのかと問われれば疑問だった。

「こんなんさ、完全にハンドラーの任務じゃねえだろ。俺が読み書きする必要もねえしさ」

「必要、ありませんか？」

タイラは自分でも言葉が纏まらないまま続けた。

「バディだから、共に暮らしているから、もっと少尉のことを知りたいと思うのは、おかしいでしょうか？　仲を深めたいと考えていますし、少尉に字を教えることだって――」

「あー、うるせえ、知らねえ、ぐだぐだ話すな」

レイは頭をかきむしった。前髪の一部だけだった黒髪が以前よりも目立っている。

「こっちが聞いてんだから聞き返すな。集中できねえから、お前ちょっとどっか行ってろ」

しっしっと、タイラは追い払われた。しばらくそっとしておいたほうがいいだろう。「買い出しに行ってきます」とタイラは家を出た。

確かにレイの言う通りだ。なぜ自分はこうもレイにかまうのだろう。ハンドラーの役目からは明らかに外れている。いや、一緒に住もうと考えた時点で相当逸脱しているのだが、タイラ自身、この感情をどう説明していいかわからなかった。

以前、任務後のセックスで、レイに口づけを求めたことを思い出す。レイが欲しくてたまらないと執着を覚えているのは確かなのだろうが……。自分でもどうしてそんな行動に出るのか言葉にできないし、理解もしていなかった。なぜか側にいたい、近づきたいと思うのだ。

タイラは街へ向かった。しばらく経ったら戻ろうと考えていると、ふと、ある店の前で足が止まった。インテリアの店だ。大きな窓ガラスの向こうにダイニングのモデルが展示されていた。清潔感のある水色のテーブルクロスに、一輪挿しの花瓶。白い食器とカトラリー。タイラはそのテーブルで、レイと一緒に食事をしている風景を思い描いた。

素敵《すてき》なテーブルでレイが美味しいと笑ってくれたなら、どんなに素晴らしいか……。

「遅かったな。どこほっつき歩いてたんだ……って、なんだその大荷物」

タイラは抱えていた紙袋の数々を、どさりとテーブルの上に置いた。

「街でつい見かけて、どうしても欲しくなったんです。衝動買いしてしまいました」

店で見かけたテーブルクロスと花瓶の他に、いろんな食器や小物もある。レイとの生活を想像して買い込んでしまった。日常生活さえできればいいと思っていた家だが、レイが居心地がいいと思える家にしたかった。今までベッドしかなかったレイの家が一気に賑《にぎ》やかになる。

次々とテーブルに広げていると、レイが片眉を上げた。

「なんでおそろいのカップがあるんだよ」

「それは……いろいろ選んでいたら、誤解した店員に熱心に勧められて……少尉も使っていただけますか？」

新婚ですか、素敵ですね、と店員はにこにこしながら一緒に家具を選んでくれた。咄嗟に否定もできず、こそばゆい気持ちでタイラも真剣に選んだものだ。

普通の人よりまだ格段に物は少なくて、生活感はないかもしれない。でもこれが、レイとタイラの家だ。

レイがくつろげる、好きな居場所になって欲しかった。

レイがカップをじっと見つめたまま、そわそわしていた。

「少尉？　お気に召しませんか？」

「そうじゃなくて……」と、レイはしばらくカップをいじりながら言葉を濁していたが、やがてタイラの表情を窺うように見上げた。

「……なあ、ずっと気になってたんだけど、そのかしこまった口調やめろ。気持ち悪い。あと少尉って呼ぶな。俺はそんなにたいしたもんじゃねえし……レイでいい」

「しかし……」

「うるせえ、上官命令だ。口調崩して、名前呼ぶだけだろうが」

ごくりと唾を飲み込み、乾いた唇を舐めてから、タイラは口を開いた。

「……れ、レイ」

声に出しただけで、心が浮き立った。ずっと口の中で転がすだけだった名前を言えるだけで、こんなにも嬉しくなれるなんて――。

「なんだよ、その顔。ってかこの際言っちまうけどな、お前はいつも無愛想でなに考えてるかわかんねえんだよ。顔が暗いと俺まで気が滅入《めい》るじゃねえか。上官命令だ。笑え」

タイラは口角を上げげた。引きつるかと思うほど、にんまりする。レイが眉をひそめた。

「本気でやってんのか？　ふざけてるわけじゃねえよな」

「満面の笑みですよ」

そう言って、また口角を上げる。頬が痛くなってきたところでレイが噴き出した。

「ははは っ、嘘だろ、全然笑えてねえな。不器用すぎんだろ」

レイの笑い声に、タイラの頬が緩む。

「少尉は……いや、レイは、いつも楽しそうですね」

「ん……まあな、死んだときに後悔しないように、自分が楽しいと思えることをしてんだよ」

「野菜を食べないのは楽しくないからですか」

「ふふん、まあ、そういうことだから。二度と野菜食わせようとすんなよな」

レイは笑った。笑っているのはわかる。しかし、その笑顔の全てを見ることは黒いマスクによって叶わなかった……。


幸せな日々が続いていた。レイとの距離も、以前より近くなったように感じる。だが同時に、些細なことが引っかかるようになった。

任務後の性欲発散も終え、家に帰ってくるなり、レイはソファに倒れ込む。

「疲れているなら着替えを手伝いましょうか？　食事も用意しますので、一緒に食べましょう」

「いらねえ。余計なことすんな」

レイは吐き捨てると、重そうな体を起こし、浴室へ向かった。風呂から上がっても黒色のマスクと手袋はつけたままだ。そのままタイラの作った料理を持ち、自室に引っ込んでいった。

レイと出会ってから一度も、レイの素顔を見たことがなかった。レイは口元を覆って絶対に見せない。いつもソファでだらけてはいても、タイラの前で服を脱ぎ散らかすことはなかったし、体の関係はあっても、どんなに疲れているときでも、入浴だけはひとりで行っていた。

食事も必ずレイは部屋に持っていき、一緒に食べることはしなかった。完食はするし、美味しかった、辛《から》かった、肉を増やせ、などと感想を言ってくれるのだが……。

タイラは自室に消えるレイの背中を見送ると、小さくため息をついた。これ以上はレイの隠された部分に深く踏み込めない。

共に食事ができることを夢見て買ったテーブルクロスと花瓶が、もの悲しく見えた。

◇

タイラと別れ、部屋の扉を閉めると、辺りには身を刺すような静寂が広がった。

レイにとってタイラに踏み込まれたくない場所——それは自室だった。

静まり返った部屋が、ひとりだったときの記憶を蘇らせる。懐かしくて怖い。

ベッドに横たわり、壁を見つめる。そのブラウンの瞳には、タイラと話していたときのような光は差していない。タイラはきっと、俺のことを明るい人間だと思っているだろう。

『死んだときに後悔しないように、自分が楽しいと思えることをしている』
レイが自分で言った台詞《せりふ》だが、我ながら馬鹿らしくて笑えてくる。明るく傲慢《ごうまん》に振る舞っているだけだ。タイラの前では、特殊殲滅部隊のレイを演じているに過ぎない。タイラに言った前向きな言葉全部、自分に言い聞かせているのだ。

「……くそ、なにやってんだ、俺は……」

はじめは今までのハンドラーと同じように、タイラとも深く関わるまいと思っていた。自分からタイラの名前も聞こうとしなかった。任務だけに忠実で、しかるべきにときに目的を果たしてくれればよかった。しかしタイラは一緒に暮らすと言い始めた。

今までの自分なら拒否していたはずだ。それを受け入れたのは、タイラの強い押しに根負けしたからではないだろう。

自然と、レイの口元に自嘲《じちょう》めいた笑みが浮かんだ。

「……俺も、人恋しかったのか」

誰かと生活を共にした経験は、軍に入隊してから特殊殲滅部隊になるまでのほんの僅かな時間だけであり、その間もただ寝食を共にしたというだけで、楽しい思い出ではなかった。今までのハンドラーとも、ただ任務をこなす間だけの関係でろくな会話もなかった。

ずっと孤独で、それも仕方がないのだと、自分に言い聞かせてきた。

タイラの作る料理は美味しい。我が儘を聞いてくれるし、絵本を読んでくれるし、字を教えてくれる。そんな相手は今までいなかった。はじめは急に距離を詰められて困惑したが、今ではタイラに気を許し、時々弱い本心を晒してしまうこともある。

タイラとの生活は、正直楽しい。

だがそれも全て、タイラがレイという男のことを理解していないからだろう……。

レイは手袋をはめた指先をぎゅっと握った。もう手袋の下を、自分で見るのも嫌になる。

タイラは踏み込まない。体を隠していても食事を共にしなくても、無理矢理暴こうとしない。

その距離感がありがたかった。これ以上踏み込ませては駄目だと、急に突き放すような態度を取ってしまったので、きっとタイラも困惑しているだろう。

深く関わるべきではない。ちゃんと理解しているのに――。

ノックの音が聞こえた。レイは、はっと顔を上げる。

「レイ、食事の準備ができました。すぐに召し上がりますか？」

「いらねえ」

突っぱねたのに、まだ扉の前に気配を感じた。レイは重い体を起こしてドアを開け、顔をのぞかせた。目が合うなり、気遣わしげな表情を浮かべていたタイラが口元を微かに緩めた。

「もう少しあとにしますか？　食欲がないようでしたら軽食を用意しますが」

お人好しが。タイラは優しすぎる。その優しさが得体の知れない不気味な化け物のように思えて怖くなった。こいつも本当の俺を知れば離れていくだろう。俺はお前に慕われるような人間ではないんだから……。

ふと、試したくなった。いつも好意的に接してくれるタイラはどこまで俺を許すのか。

「肉が食いたい。高級なやつ。それじゃないと食わねえ」

ひどい我が儘だ。でもこれできっとタイラは、捻くれた性格のハウンドとはこれ以上一緒に組めないと愛想を尽かすはずだ。だが予想に反して、タイラの表情は柔らかいままだった。

「食べていただけるのですね。わかりました。お時間がかかりますので待っていてください」

タイラはさっそく出ていってしまった。嫌な顔ひとつしなかった。

今までのハンドラーは俺を避けた。ひとりで凶獣を殲滅する兵士を恐れ、気味悪がった。だから何度も戦闘を目の当たりにしてもなお側にいるタイラが信じられなかった。身の回りの世話まで買って出ているのはなにか裏があるのではと疑うほどだ。

ひとりになり、レイはキッチンに置かれた鍋の蓋《ふた》を開けた。湯気と共に、赤ワインで煮込まれた牛肉の甘酸っぱい香りが漂う。レイのために作られた、肉だけの美味しそうな料理。

タイラと過ごす日々を嬉しく思うと同時に戸惑いがあった。タイラとの同居を許可したのは人恋しいからだろうに、彼を遠ざけるような言動を繰り返す。彼とのささやかなやりとりに安らぎを覚えたかと思えば、踏み込まれることを恐れる。矛盾だらけの行動と感情が自分で理解できなかった。こんな感情を抱くのは初めてだ。

しばらくして、すみません遅くなりました、とタイラが戻ってきた。

「買ってきました。今から焼きますので待っていてください。煮たほうがいいですか？」

「やっぱいい。いらねえ。――あ……いや、違う、さっきタイラの作ってくれたやつ、やっぱ食おうと思って……気が変わった」

「そうですか。じゃあこれは今度食べましょう」

やっぱりタイラは許してくれる。ぞんざいな扱いをしても、我が儘を言っても許してくれるのは、本当に俺を受け入れてくれているから……？　そう思うと胸がざわりと騒いだ気がした。

「そうだ、忘れるところでした」と、タイラがレイに本を差し出した。

「料理本を買ったんです。食べたいものがあったら教えてください。作れるように練習します」

「ふーん……、ま、気が向いたらな。……あ、ありがとう」

ぼそりと言った感謝の言葉がタイラに伝わったかはわからない。照れくさくて、こそばゆくて、自分じゃなくなったみたいな変な気分だった。タイラが差し出してくれたトレーと料理本を持つと、タイラの反応も見ずに、さっさと自室に引っ込んだ。

薄暗い自室が現実へと引き戻した。レイの表情に影が差す。

いや、全部受け入れてくれているわけではないか。タイラが見ているのはほんの一部だ。

微かに高鳴る鼓動を抑えるために、レイは胸の辺りに手を当てた。タイラならもしかして……という期待が膨らみすぎないように。

タイラがくれる、普通の人間のような、普通の生活。徐々に変化していくレイの中で、タイラの作る料理だけが変わらず美味しかった。

貰った料理本をめくる。タイラが作ってくれるのだと思うと、心がほんのり温かくなったような、せつなく締めつけられるような不思議な感覚を覚えた。

このまま、なにもない日常が続けばいいのに――。

無線が鳴った。緊急任務の要請だった。

レイは食事の手を止め、マスクで口元を覆った。

◇

今回の戦闘はいつもより長引いた。事前の報告よりも凶獣の数が多く、加えて、その凶獣の死肉を求めてやってきた別個体との連戦になってしまったためだ。

タイラには助けられた。凶獣に囲まれたとき、ライフルや催涙弾での援護がなければ死んでいたかもしれない。戦闘時にハンドラーに助けられたのは初めてだった。

なんとか始末したものの、レイの体はいつにもまして興奮して熱くなっていた。戦いが長引くに比例して発情の時間も延びるのが厄介だ。戦闘後に抱かれても発情は収まらず、もう家に着いたというのに、まだ体はタイラの熱を求めている。

立っているのもやっとの状態だった。後孔はじんじんと痺れ、常に挿入されているような違和感すらあるものの、体の奥は火照《ほて》り、まだ快感を欲していた。

レイはダイニングテーブルに手をつくと、ズボンをずり下ろし、タイラに尻を向けた。

「早く埋めてくれ……欲しくて、むずむずするんだ」

「レイ、もう体を休めてください。それに、朝からなにも食べてないではありませんか」

以前タイラに高級な肉が食いたいと我が儘を言ったときとは違い、食事をとる前に出動要請がかかった。タイラに車中でレーションを勧められたものの、食欲がないからと食べなかった。

「いらねえ……それより、もっとくれ。足りない。まだ体が熱いんだ。お前はもうやれないか？」

「そうではありません。ですが休まないと。体を綺麗にして、食事を――」

「風呂は後で入るから。飯だって……お前が抱いてる間なら食ってやってもいい」

食べると言わなければ頑固なこのハンドラーはいつまで経っても犯してはくれないだろう。なんでもいいからこの発情を収めて欲しかった。あの熱が欲しくてたまらない。熱さで頭が焼き切れそうなほどだった。じっとしていると、興奮を持て余して暴れ出しそうだ。

タイラは冷蔵庫の中からサンドイッチを持ってきた。

「ほら、食べてやる……その代わり、お前もちゃんと仕事しろよ」

「レイ、食べてからベッドに行きましょう。服も脱いでください。汚れているでしょう」

「待てねえんだよ。抱いている間なら食うって、言ってんだろ……なあ、早く」

レイはサンドイッチに手を伸ばさず、腰を掲げてタイラを待った。屹立が何度も抽挿を繰り返した淫口は赤くめくれ上がっているはずだ。タイラの熱は全身が覚えており、今はタイラを飲み込むための器官になっている。考えるだけで興奮に肌が粟立《あわだ》ち、蕾が口を開いた。

タイラがレイの腰に触れた。熱い切っ先をレイの淫口にあてがうと、張り詰めた亀頭をぐぷと咥えさせた。押し入る衝撃に、レイの背筋がぞくぞくと震えた。内壁の隅々まで味わうようにゆっくりとタイラの熱塊が入ってくる。

何度もレイの中に注いでいるというのに、タイラは全く萎える気配がなかった。タイラが戦闘後に発情することなどないはずだが。絶倫という面ではハンドラーに選んでよかったと思う。

タイラも食卓に手をつき、レイの背中に追い被さった。服の上からなら、背中はまだ触れられても平気だ。タイラの重みを感じ、体はまたぞくりと悦びに震えた。

「約束ですレイ、ちゃんと食べてください」

タイラがサンドイッチを後ろからレイの口元に差し出す。ハムとチーズだけを挟んだシンプルなものだ。レイはマスクをずらして齧《かじ》りついた。発情に伴って感覚も鋭敏になっているようだ。小麦粉の甘みやハムの脂を口いっぱいに感じた。咀嚼《そしゃく》していると、首筋に熱い視線を感じた。後ろからでは口元が見えていないとは思うが顔を背ける。

男根を下の口に咥え込ませながら食事をするなんて、自分でも相当おかしいと思う。

「おい、ちゃんと食べてんだから、お前も動けよ。そういう決まりだったろうが」

指摘してようやく、タイラがゆっくりと腰を動かし始めた。僅かな刺激でも脳が蕩けるように気持ちがいい。最上の快楽を取り上げられないようにレイも食事を続ける。初めてついた食卓でセックスするのは、背徳感や罪悪感があった。タイラの作ったものを、タイラに貫かれながら食べているという状況に異様な興奮を覚える。

「ああ……あふっ、ん……んぅ、むむ……」

レイはごくりと喉を鳴らした。いつの間にかサンドイッチを完食していた。しかし腹が減っていたのか、足りないと思った。

目の前にあったタイラの指を軽く噛んだ。ぴくりと跳ねるタイラの少し硬くて太い指が美味しい。ぴちゃぴちゃとレイはタイラの指についていたソースを舐める。ソースの塩気とタイラの指紋の凹凸を感じ取れた。

指の腹を舌先でくすぐると、ごくりとタイラが喉を鳴らしたのが聞こえた。レイの顔をのぞき込もうとしているのに気づき、「よそ見すんな」と牽制して顔を背ける。今萎えられては困る。

「ん……気に入ったなら、もっと舐めてやるから」

近くにあった布巾《ふきん》で口元を見られないように隠しながら、レイはタイラの指を口に含んだ。人差し指と中指を同時に含んで吸いつく。そのまま首を上下に揺らして、くちゅくちゅと音を立てた。二本の指を舌で分かつと、隙間に舌を差し込み、谷間を擦る。この指が、この体を昂《たか》ぶらせ、発情を収めてくれたのだ。愛《め》でて、褒めてやりたかった。

爪の間から関節の骨の出っ張りまで余すことなく味わった。見られるかもしれないという不安も忘れて、レイは夢中でしゃぶっていた。

太さも熱さも全然違うのに、本当にタイラの男根を舐めているみたいだ。奉仕のおかげで、レイの中を満たす巨砲がまた大きくなる。いつの間にかタイラは動きを止め、レイの口淫に集中していた。最後にじゅるりと、タイラの指を強く吸って、レイは口を離した。ずり下ろしていたマスクをつけ直す。

「なあ……やっぱ指よりも太くて熱いもんを味わいたい。食い物より、お前の精液が飲みたい。下の口にたっぷり注いでくれ……」

「はい……わかりました」

タイラが興奮に上擦った声で了承すると、レイの柔い尻たぶを揉み、ピストンを再開した。

「あ、ああ……あっ、あ、あんっ、ああんっ！」

がたがたと食卓が音を立てて揺れる。嵐のような激しさに耐えきれず、レイは食卓に突っ伏した。ごとりと花瓶が倒れた。

「あんっ、は……あああ、いいっ、いくぅ……っああ、いあっ、はあん」

森の中から行為が始まって何時間経っているかわからない。自分が何度達したのかさえも。精液も出ない。奥を穿たれるたび、いくいく、と掠れた声を出しながら、ぷしゅ、ぷしゅ、とレイは潮を吹いた。握り締めたテーブルクロスに染みができる。

ああ……タイラがせっかく買ってきてくれたものなのに汚しちまった。しかし気にしている余裕はなかった。ただ快楽を求めた。……熱い。もっと欲しい。意識が飛ぶほどの絶頂感に襲われたい。それしか考えられない――。

「レイ……」

ふと、タイラの囁きが耳から心地よく入ってきた。

そして、レイのマスクの上から頰に唇を押し当てた。

「――っ！」

初めての行為にレイは目を見開き、硬直した。こんなことをする男はひとりしか知らない。強制的に自覚させられる。

――目の前にいる男はハンドラーではない、タイラなのだと。

しかしそれは一瞬で、すぐに快楽の波に呑まれて、レイは行為に溺れていった。

絶え間ない抽挿に頭の中をぐちゃぐちゃにかき乱された。思考回路が焼き切れるようだった。後孔が麻痺するほど散々穿たれているというのに興奮は収まらない。目の前がちかちかと瞬き、意識が遠のいていく。

「あっ、あっ、あああん、ああっ、くっ、いぐっ……ぅあ、ああ、あああ――……」

興奮が最高潮に達したとき、レイの目の前が真っ白になり、ぷつりと意識が途絶《とだ》えた――。

意識が戻ったとき、最初に感じたのは口の中に広がる血の味だった。犬歯に食い込む、肉の感触……。そこでようやく、レイはタイラの腕を噛んでいるのに気づいた。まるで自我を失った獣だ。慌てて口を離した。

「あぁ……う……俺、俺は……」

やってしまった。これでタイラも――。

血の気が引いたレイに、ふわりと、タイラがレイの頭を撫でた。

「大丈夫ですよ、俺は平気です。レイ、自分を責める必要はありません」

タイラの優しい声と手のひらの温かさに、レイの胸が締めつけられるように痛んだ。

なんだ、この気持ち。なんで傷つけてしまったのに、タイラは優しくするんだ……？

困惑して固まったレイの中から、タイラは性器を引き抜こうとした。

「あ……ま、待って、タイラ……止め、ないでくれ……」

このまま平静を取り戻して、心に生まれた違和感と向き合いたくなかった。興奮と快楽で頭の中を真っ白に塗りつぶして欲しかった。セックスしているときだけは、余計なことなど考える必要がないから。……それに、なぜかこのままタイラと繋がりを絶ちたくなかった。

タイラは再び動き出した。レイの体はすぐに昂ぶり、思考に靄《もや》がかかった。

逞《たくま》しい腕から流れる血を舐める。甘い。タイラの味、優しい男の血だ。

「レイ、レイ……」

熱い吐息混じりに囁くタイラの声に包まれながら、レイは高みへと上りつめた。

だが、芽生えた違和感は、胸の奥に痛みを残したまま消えなかった。

◆

小窓から差し込む朝日を浴びながら、タイラは朝食を作るためにキッチンに立っていた。

腕まくりをして、腕に残る傷跡を撫でる。口角が自然と上がっていた。

戦闘時の圧倒的な強さ、普段の子供のような言動。そして本能のままに繋がりを求める獣のようなセックス――。レイが新たな一面を見せるたびに、タイラは体が熱くなるのを感じた。

パンを焼きながら、レイが好きなハムを分厚く切る。

今ではつねにレイのことを考え、レイのために生きている。誰とも深く関わらないと思っていたが、こんなにもレイに執着している自分がいた。そんな相手はレイだけ、彼が唯一無二の存在だ。レイの姿を見られるだけで高揚したし、レイの側にいられればよかった。

しかし最近どんどん欲深くなっている。レイをもっと知りたい、レイにもっと近づきたい、という渇望が絶えず湧き上がってくる。

タイラは腕の歯形に唇を寄せた。マスク越しに伝わったレイの柔らかい頬の感触を思い出す。レイがなにかを隠しているのは、はじめから理解している。昨日の異変にしてもそうだ。そして、それに踏み込んで欲しくないだろうことも。これ以上レイに近づけば、隠し事を暴けば、ふたりの日々が終わるかもしれない……。

考えながら手を動かしているうちに朝食が完成した。野菜が入っていない、レイ専用のサンドイッチだ。先の関係を望む邪念を振り払う。もう少ししたらレイに声をかけよう。

一区画分の凶獣の殲滅が終わり、レイも息を弾ませていた。発情の兆候《ちょうこう》か、そろそろ体を求めてくるはずだ。しかし、レイが黙って帰還し始めたのでタイラは首を傾げた。いつもならレイのほうからタイラを誘ってくるのだが。

「レイ、どこか怪我でもしましたか」

「……近づくな」

突き放され、タイラは狼狽《うろた》えた。

「ど、どうしてですか。体の興奮はどうですか。治める必要がありますよね？」

「いらねえ……触んな、話しかけんな」

タイラのほうを見もせず、レイはひとりで歩いていった。

いらないと言ったが、性欲発散が必要ないようには見えなかった。息は弾んでいるし、足取りもおぼつかない。明らかに我慢している。

車中でもレイはタイラと目を合わせようとしなかった。座席の隅でじっと膝を抱えて俯《うつむ》いており、黒髪の房が増えた前髪だけが揺れている。以前は車内でも発情を我慢できなかったはずだ。

「レイ、やはり――」

「っ、話しかけんなって言っただろ！」

激しい口調にタイラは口を閉ざすしかなかった。なにか気に障ったのだろうかと行動を省《かえり》みるが、いくら探しても自分の中に明確な答えなど見つからなかった。

もしや、嫌われたのか。タイラは下唇を噛んだ。想像しただけで心臓が潰れ、息が止まりそうだ。原因がタイラにあるのなら言ってくれればいいのに。話せないことなのか。やはりレイは、踏み込まれることを望んではいないのか。自分ではレイの隣にいることはできないのか……。

それ以降は車中でも会話がないまま家に着く。帰還するまでセックスを我慢していた可能性も考えたが、レイは真っ直ぐ自室に足を向けた。慌ててタイラはレイの肩を摑んだ。

「レイっ、やはり体が辛いのでしょう。さっきから様子が変ですよ」

「だから、今日は必要ないって言ってんだろ。しつこいんだよ！」

タイラの手を弾いた勢いで、レイの体がぐらりと傾いた。咄嗟に支えようとタイラは言いつけを破り、レイの腕に触れてしまう。それだけで、レイは雷に打たれたように体を強張らせ、その場にへたり込んでしまった。

「レイ……?」

「あ、あうぅ……お前、触んなよ……っ」

「やっぱり興奮が治まっていないんですね」

理由はわからないが、今までレイは強がっていたのだろう。一刻も早くベッドに運ばなければ。抱き起こそうと伸ばしたタイラの手を、レイはものすごい力で引っ張り、逆に押し倒した。床がひやりとする。馬乗りになったレイの、黄色い瞳が見下ろしてくる。

「……レイ、なにを」

「絶対に動くな、なにもするなよ……」

レイはタイラのベルトを引き抜くと、それでタイラの手首を縛った。タイラが首元に巻いていた手拭いをむしり取ると、目隠しまでされた。動けず、なにも見えず、レイの気配だけを感じる。

腰の上に重みを感じた。レイが跨《また》がったのだろう。下腹の辺りがもぞもぞし、ズボンのジッパーが下ろされる音が聞こえる。

「全部俺がするからお前は動くな」

今まで散々動けと命じていたのに、とタイラが疑問に思っていると、レイがタイラの下着から半勃ちの男根を取り出した。生温かい空気にくすぐられたかと思うと、先端に柔らかいものが押し当てられた。

「っ! 待ってください、レイ、なにを――っ」

「うるひゃい。喋んな」

舌っ足らずな言葉と同時にタイラのペニスを熱いものが這う。背筋を快感が駆け上がった。温かい空気が亀頭をくすぐり、下腹部に血が集まる。間違いない。レイが口淫をしているのだ。自覚すると、床で冷えた背中が一気に熱くなった。

レイのざらざらした舌が、巨砲が纏う血管と傘のくびれた部分を隅々まで綺麗にしていく。ぱんぱんに子種が詰まった陰嚢も啄《ついば》み、先端は唇をつけ、じゅるるっと吸い上げた。

舌の這う感触と控えめな水音が脳に響くたび、タイラは奉仕するレイの姿を見たい衝動を必死に堪えた。見られない分、余計にタイラは興奮し、すぐに性器は痛いほどに張り詰めた。

やがてレイは口を離すと、タイラの屹立を支えた。ぐっと体重がかけられ、やがてタイラの怒張が柔らかく熱い肉襞に包まれていく。

「ぐ……ふ、ぅ……あっ、あん、あ、ああ――」

レイが嬌声を上げると同時に男根が絞られる。奥に進むたびにびくびくとレイが震えた。タイラの下腹部にぱたぱたと熱い滴《しずく》が落ちる。

こつりと奥にタイラの先端を当てると、レイはタイラの上で跳ね始めた。視界を封じられた分、タイラの感度は増した。内壁の熱も襞も感じられて気持ちいい。レイが自ら積極的にタイラの体を求めていると思うとさらに燃えた。発情に苦しむレイの体を心配しているつもりだったが、タイラ自身、レイを抱きたくて仕方がなかった。

「あっ、ああっ、いいぃ、気持ちい、ん、あふっ、あ、あ」

レイも散々我慢していたからか、ピストンのテンポも速かった。つねに肉筒に力を入れたまま、浅い箇所を素早くノックしている。自らいいところに当て、びゅくびゅくとタイラの腹の上に液を飛び散らせて絶頂を迎えながらも動きを止めなかった。戦闘後も車中でも頑《かたく》なにセックスを拒んでいたはずなのに、なぜ……。

「レイは、俺とセックスしたくなかったんですよね？」

「んなわけねえだろ……お前しか、いねえんだから」

『お前しかいない』。レイの言葉に、タイラの全身が興奮に震えた。レイにとって特別な相手になれたのか。自分がレイに抱く感情と同じように、レイもタイラを唯一無二の相手として思ってくれているのか……？

可能性を考えるだけで全身の毛穴から歓喜が湧き上がり、一層体を熱くさせた。

レイは気まずい沈黙を誤魔化すように、再びタイラに腰を押しつけ始めた。

見えない。レイの顔が見たい。目隠しが邪魔だ……。レイがどんな表情を浮かべて腹の上で跳ねているのか知りたかった。

タイラがもがいていると、いつの間にか縛られていたベルトから手が抜けていた。

思えばいつもレイが主体だった。途中から興奮に我を忘れて暴走することはあれど、レイが望むままに抱いてきた。不満に思ったことはない、むしろレイとの関係を望んでいた。

だがそれは、本当に正しいことなのだろうか。

心からではなく、戦闘の興奮によって昂ぶる体を鎮《しず》めるためだけのセックス。それに満足し、快楽を得る自分。この関係のままで本当にいいのか。レイのことをなにも知らず、ただ命じられるがまま体を差し出すだけで。

これ以上レイに近づけば、隠し事を暴けば、ふたりの日々が終わる気がしていた。

だが、そんな卑屈な考えなど、レイの一言で吹き飛んでいた。

『お前しか、いねえんだから』

ああ……レイ、レイ。見たい。知りたい。触りたい。レイの全てが欲しい——。

湧き上がる欲望のままに、タイラはレイに手を伸ばした。

——……え？

ふさり、と。タイラの手のひらに伝わったのは、人肌の感触ではなかった。

毛だ。まるでそういう生き物のような、犬や猫と同じ、獣を撫でたときと同じ感触だった。

腰など毛の生えるところではない。ましてや剛毛という体質の問題でもない。なぜ。どういうことだ。気のせいだったのか……。いろんな可能性を考えるが、どれも正解だとは思えない。

触れたのはほんの一瞬で、混乱しているうちに、

「触るなッ！」

すぐさま悲痛な声で叫んだレイに手を払われた。

ふっと腹部にかかる重みが消えた。レイが逃げる。タイラは咄嗟に手を伸ばし、レイの腕を掴んだ。まだ先ほどの違和感も受け入れられていない。だがここでレイを離してはいけない、離したくないという思いだけはあった。

レイはもがいたが、タイラは手を離さなかった。挿入したままのタイラの性器が内壁を擦り、レイは小さく呻くと抵抗を止めた。

「……なんだよ、離せ。……さっき俺に触っただろ」

「命令に背いてすみません。……どうしても、レイに触れたくなってしまって……」

「それだけか、他に、言いたいことがあるんじゃねえのか」

「…………」

タイラはなにも言わなかった。言いよどんでいるわけでも、レイに対する違和感へ気味の悪さを覚えているわけでもない。言いたいことはたくさんあったが、今は感情が昂ぶって言葉にならなかった。——新たにレイの体の一部に、隠された秘密に触れられたことに感動していた。

目の前にいるレイが欲しくてたまらない。そのことを示すように、昂ぶったままの男根がレイの中でピクリと脈打った。

「まだ、続けるつもりなのか。逃げるなら今のうちだぞ」

「この状況では止められません。続けてください。……レイが、いいのであれば」

レイはしばらく逡巡しているようだったが。

「……だったら、もう、触んな、動くな……タイラからは、なんもくれなくて、いいから」

「なにを、く、レイ……」

「ん、あっ……ただ、俺を犯してくれれば、いいんだよ、ハンドラーなんだから、——っん、んあ、あっ、く……んんっ」

レイは一層激しく腰を動かすと、すぐにぶるりと体を震わせ絶頂を迎えた。あまりにも性急で、早くタイラとの繋がりを断とうとしているようにも思えた。

タイラもレイに締めつけられ共に達したが、心は満たされなかった。

以前からレイの言動に不可解な点は多々あった。だが、気にしないふりをしていた。指摘し、踏み込み、レイに嫌われたくなかったからだ。だがすでに、その程度の関係では満足できなくなっている。

レイを知りたい。もっと触れてみたい。たとえレイにどんな秘密があろうとも。

ただのバディではなく、もっと深い繋がりが欲しい——。

抑え込んでいたこの欲求を止めることはできなかった。


後日、ソファに寝転ぶレイに、タイラは手を伸ばした。

気配を察知し、ばっとレイは体を起こした。「なんだよ」と、刺々《とげとげ》しい声音と共に鋭く睨みつけられ、タイラは狼狽《ろうばい》した。空気が一瞬にして張り詰めた。

「この前からなんなんだ。黙って触ろうとすんな。用があるならさっさと言え」

退くことはできない。今のままでの関係では満足できないのだ。

タイラは意を決し、口を開いた。

「……レイ、今から貴方《あなた》を抱きたい」

それは自然と心から湧いた欲望だった。レイの体は任務が終わるたびに抱いている。しかし逆に、それ以外のときは体を繋げるどころか、触れることすらなかった。

レイは一瞬目を見開いたが、やがて睨むようにタイラを見た。しかしこれ以上タイラがなにも言わないとわかると、長く息を吐いた。

「結局、なにも聞かねえと思ったら話はそんなことか……。なんだよ急に。今までお前がやりたいなんて言ったことなかったじゃねえか。この前あんだけやったのに、まだ欲求不満なのか」

「そうではありません。任務でもなく、もっと——」

もしかしたら了承してくれるかもしれない。タイラの胸は淡い期待で騒いでいた。レイも少しは望んでくれている可能性はないか。もう何度も、体を重ねているのだから。同じ時間を過ごして、誰よりも近くにいるのだから。

しかし、タイラの言葉を遮るように、はっ、とレイは鼻で笑った。

「そんなもんお断りだ。お前に抱かれるのは、戦闘後に興奮するから仕方なくなんだよ」

ずきりと、タイラの胸はナイフで抉《えぐ》られたかのように痛んだ。理解しているはずだった。戦闘後の興奮を処理するためにセックスするだけで、それ以上の感情はないと。しかし改めて本人の口から可能性を否定されると想像以上に苦しかった。

レイが笑うだけで舞い上がるような心地だった。嫌われたと想像するだけで息が止まりそうだった。こんなにも、他人の言葉や行動に感情が揺さぶられるなんて。相手の全てを知りたいと求めるなんて。特別になりたいと望んでいるなんて——。

そうか。すとん、とタイラのあやふやだった感情が形を持った。

――俺はとっくの昔から、レイに恋をしているのだ。

レイのことをいつも考えているのも、レイに執着するのも、レイとさらなる深い関係を求めるのも、レイに感情が揺さぶられるのも、全てレイに初めての恋をしているからなのだ。

共に生活するうちに、いつの間にか憧れとは別の感情が生まれていた。知らなかったレイの新たな一面を発見するたびに新しい感情が生まれて、心の中に積もっていった。それは今まで手にしたことがない温かく、幸せなものだった。

レイがくれた特別なもの。もっと欲しいし、レイにも貰って欲しい、レイも感じてくれていると嬉しい。俺は、レイが好きなんだ……。

タイラは己の恋心を自覚して舞い上がったが、すぐに思い直した。

レイのことはなにも知らない。レイはタイラの前でマスクも手袋も外そうとしなかったし、セックスも着衣のまま。どうして隠しているのか。先日の獣毛の感触も気になって仕方がない。

レイの秘密に触れれば、関係が変わると恐れていたときもあった。しかし今は、関係を変えたいと思っている。

もっと知りたい。誰も知らないレイのことを、自分だけのものに――。

「ってことだから、溜まってんならひとりで抜け。はい、話終わり」

「待ってください。それならせめて、レイのこと教えてくれませんか。レイのこと……なにも知りませんから。知りたいんです」

タイラは熱く焦れる心を抑えながら問いかけた。なにかひとつでもよかった。レイに心を許して欲しい。少しでもレイの心の奥へと入りたかった。

だが、タイラとは対照的に、レイは冷めた視線のまま言った。

「人に聞くなら、まずは自分が話せよ」

タイラは言葉に詰まった。自分のこと。でたらめを話すか。いや、うまく纏まらない。

レイは続けた。

「お前、モグラだろ」

一瞬、タイラの息が止まった。誰かに言い当てられたとき、咄嗟に誤魔化す台詞をずっと考えてきたというのに、いざレイに指摘されると、なにも言えなくなってしまった。

「モグラって、そっちでは言わねえのか。地下都市に住んでる金持ちの奴らのことを、上の平民たちはモグラって呼んでるぞ。地面から出てこないモグラってな」

下手に隠すこともできない。それに、レイに対しては誤魔化したくないという気持ちもあった。

「……知っています。地下の住人もモグラだと揶揄されていることは理解していますよ。彼らも上で暮らしている市民のことを、過酷な環境でもしぶとく生きるドブネズミと呼んでいますから」

タイラはレイの反応を窺った。レイはタイラが地下都市の人間だと認めても、なんの反応も見せなかった。

「……どうして、俺が地下から来たとわかったんですか。入隊時も、特殲隊になったときでさえ、身分を偽《いつわ》っていたというのに」

「確信があったわけじゃねえよ。ただ、仕草とか姿勢が綺麗っていうか、言葉遣いも上官に対する丁寧語とかそんなんじゃねえから」

「名探偵ですね。……隠していてすみませんでした」

獣の脅威から逃れるたびに富裕層の人々は街の地下に別の街、通称地下都市を作って暮らしていた。富む者だけが安全性の高い地下に暮らすのだから、地上で暮らす市民が地下都市の人間をよく思っていないのは当然だ。

「別に謝る必要はねえけどよ。人のこと聞くくせに、自分のことは隠しやがるのが気にくわなかっただけだ。……そういえばモグラは徴兵義務なんてなかったろ。タイラは志願兵ってことだよな。なんでお前は正体隠して兵士なんかやってんだ。モグラなら、危険な戦闘部隊なんかじゃなくて、中佐みたいに、もっと安全な場所でふんぞり返っていられるもんじゃねえのか？」

レイの言葉はもっともだった。健康で適齢の男子は徴兵され、三年間、凶獣と戦う義務があった。しかしそのルールは地下都市の人間には当てはまらず、好き好んで従軍する者などいない。地下都市出身者ではせいぜい軍人家系の人間だろう。士官学校を卒業すれば、そのまま将校など上官の地位に収まる道もあるが、タイラはあくまで偽名を名乗る志願兵の下士官だった。

「家は関係なく、俺が望んで入隊したんです」

レイは無言だった。先を促している沈黙ではなく、話すも話さないもタイラに委《ゆだ》ねている。タイラは懺悔《ざんげ》する気持ちでレイに明かすことにした。わざわざ命の危険を冒してまで、凶獣と戦う戦闘部隊にいる理由を。

「……生きる理由が、欲しかったんです」

「生きる理由？」

「俺の家は由緒ある家系で、俺は生まれたときからなに不自由ない暮らしをしてきました。しかし要領のいい兄とは違い、俺は出来損ないで、家族からは疎《うと》まれていました。父からは日常的に暴力を受け、母は俺などはじめからいないように扱い、言葉を交わした記憶もありません。家族に認めて欲しくて、優秀な兄に追いつきたくて、頑張っていましたがうまくいかなくて……」

「大変だったんだな」

「今思えばそうですね。当時はただ必死でした。周りに頼れる人などいませんし、誰もが敵に見えて、自分を守るために他人との間に壁を作っていました。他人の顔色を窺って従って……」

タイラは目元を覆った。思い返そうとしても、そのときの記憶はあまり残っていない。生きている実感すらなかった。だが、あの人生を変えた事件だけは、今でもはっきりと思い出せる。

「そんなとき、市街に出現した凶獣の襲撃にあいました。理由は忘れましたが、たまたま家族で地上にいたんです。幸い死者は出ませんでしたが、家族は変わりました。父は刹那的《せつなてき》な生き方を始め、母は平和な未来を夢見てコールドスリープし、兄は片足を食われて、俺は……」

タイラは言葉を切った。脱線した。入隊した理由を聞かれていたのだった。

「それで、このままでいいのかと思ったんです。周りに抑圧された暮らしの中、他人の顔色を窺いながら死んだように生き続けていいのか、本当に生きていると言えるのだろうかと。……あの家から逃げたかった。あの家に縛りつけられたまま、死んだように生きたくなかったんです」

タイラは自分で語った入隊理由の身勝手さに口元を覆った。

「徴兵されて戦いたくもないのに無理矢理凶獣の前に出されて……そんな兵士たちに比べて、望んで志願した理由なんて、誰にも明かせませんでした。すみません、こんな……レイも、必死に戦っているのに……」

なんて不純で恥ずべき理由なのだろう。命をかけて戦っているレイにも失礼だった。タイラは後悔の念に苛《さいな》まれたが、レイはふっと肩の力を抜いただけだった。

「なんか、お前が本読む以外でこんな喋ったの、初めてかもな」

「……え？」

「っていうか、そんなことかよ。てっきり国に命じられて兵士を見張るスパイだとか、凶獣に苦しめられる兵士を見ると興奮するとか、そんなやばい理由かと思ったのに、案外つまらねえな」

「つまらないって……」

啞然とするタイラに、レイは肩を竦めた。

「戦う理由なんて人それぞれだろ。別に恥じるような理由でもないし。それで上から命令するだけだったら腹立つけどよ。どんな理由にしろ、命がけで戦ってんのは皆同じじゃねえか。お前はそれでいい。そういうお前だから、俺はお前をバディに選んだ」

「……えっと、今話した理由に、俺をバディに選ぶ要素、ありましたか……？」

「仲間のことなんかどうでもいいんだろ。親の敵だとか、誰かのためだとかじゃなく、自分が生きてさえいられるなら仲間も殺せる。強《し》いて言えばそんなところだな。まあ、想像よりもずっと干渉してきたのは誤算だったけどな」

「地下の人間が嫌いだとかは思わないんですか？」

特殊殲滅部隊に入る前に呼び出された本部では、レイは中佐のことを密かに『モグラ』と侮蔑して言っていたが。

「お高くとまったモグラは嫌いだけど、タイラはタイラだろ？」

レイの言葉に、タイラの胸の奥に詰まっていた重しがなくなった。レイは醜《みにく》い心を持つ俺を受け入れてくれたのだ。他人に受け入れられることがこんなに救いになるなんて知らなかった。

生きる理由を求めて軍人になったというのに、戦う日々の中で、いつの間にかタイラはいつ死んでもいいのだと諦めていた。レイと初めて出会ったときも自ら死ぬことを考えていた。

だがレイと出会ってからというもの、レイの存在がタイラの生きる意味になっている。

彼は唯一無二の特別な存在だ。改めてタイラの心に、レイの存在が刻まれる。恋しくて、求めずにはいられない人……。レイへの愛を知れて、世間がさらに明るくなったように思えた。

「うーん。そうだな、お前が話してくれたんだから、俺が話さないわけにはいかないか……っていってもな、別にお前みたいに変わった話じゃねえから」

レイはごろりと寝返りをうつと、天井を眺めながら話し始めた。

「俺はタイラと真逆だ。貧民街の出身なんだよ。お前も知ってるだろ。正しくは緩衝地帯なんだっけ？　森に行くたび通るもんな。壁の近くのゴミ捨て場みてえな場所で生まれ育ったんだ」

街を覆う壁からは、凶獣を寄せつけないために、絶えず異臭や騒音を垂れ流している。人体にも影響があるので、壁と街の間には緩衝地帯と呼ばれる土地がある。壁も完全には凶獣の侵入を塞げないので、劣悪で危険な環境だ。元々居住区ではないが、住処のない人々が集まり、貧民街と呼ばれるようになっている。

「あんなところで暮らしてるとな、ろくな仕事はねえんだよ。子供は盗みやったりガラクタ売ったりして日銭稼ぐんだけど、男共は志願できる十七になったらほとんど軍人になる。過酷で命がけだけど衣食住は保証されているからな。普通に暮らしてたって明日生きられるかわからねえ環境なんだ、だったら凶獣と戦う軍人のほうがましだ」

経済的な弱者が、生活の安定を求め、軍に志願することは少なくない。国もそれを利用し、戸籍のない貧民街の住人にまで志願兵を募っている。タイラのように本心から望んで志願しているのではない、軍人になるしか選択肢がないのだ。

「俺も他の奴と同じで金のために軍人になった。理由としてはそんだけだ。生きるためってのはタイラと一緒だったけど、つまらなかったろ？　格好悪い俺で失望したんじゃねえか？」

「いえ、そんなことは……話していただけて嬉しいです。失望なんてしません。どんな過去があろうと、レイはレイですから……なんて、レイと同じことを言っていますね」

少しでも自分のことを打ち明けてくれるのは、信頼されたようでほっとした。急に抱きたいだなんて、関係を進展させるのには性急すぎたかもしれない。これからもレイとはバディであり続けるのだ。時間はある。ゆっくり心を開いていってくれたら嬉しいなんて、望みすぎだろうか。

レイのブラウンの瞳が子供のように輝いた。

「なああ、金持ちの暮らしってどんなもんなんだ。専属の料理人とかいるのか。執事やメイドがたくさんいて、坊っちゃんとか呼ばれたりすんのか？」

「まあ、家に料理人もいましたし、使用人からは坊っちゃんと呼ばれることもありましたけど」

「おお！　すげえな」

なにを聞かれているんだろうと思いながらも、レイが楽しそうにしているのでタイラも肩の力が抜けた。身構えていたよりも、レイがすんなりタイラの身の上を受け入れてくれてよかった。

「モグラなんだから、お前の家ってものすげえ金持ちなんだなあ。でも軍人家系じゃないんだろ。政治家とか、医者なのか？」

「医者が近いですね。親族には議員も軍の上層部にいる人もいました。一族が様々な職種についていますが、面識もほとんどありません。長く続いていて家の母体と言えるのは製薬会社です。身分を偽っていたので、タイラ＝スミスも偽名です。俺の本当の名前はタイラ＝シノモリ。レイも聞いたことありませんか、軍の支給薬にもあった、四之森薬品工業っていう――」

「――ッ！」

突然レイが立ち上がった。

「レイ……？」

一瞬で和《なご》やかな雰囲気が消し飛んだことが肌でわかった。レイの眉はつり上がり、目は見開かれていた。ブラウンの瞳は僅《いぬ》かに色素が薄くなり、憤怒《ふんぬ》の色に燃え上がっている。

レイはタイラを鋭い視線で射貫くと、がっとタイラに摑みかかった。

「てめえッ、俺をずっと騙していたのかッ！　俺のことも最初っから全部知ってたんだろ！」

「……え、は……？　レイ、どうしたんです、なにを急に……」

「くそっ、くそっ！　ふざけんな、なんだよ、俺とお前は似てると思ったのに……なんで、嘘だろ、裏切られたみてえだ……」

レイはタイラを突き飛ばすと、うわごとのように、「嘘だろ、なんで」と繰り返しながら乱暴に頭をかきむしった。意味がわからなかった。タイラはレイの豹変ぶりに混乱するだけだ。

やがてレイはソファを蹴り飛ばすと、タイラに背中を向けた。

「レイ、どうしたと――」

「その手で俺に触んじゃねえッ！」

伸ばしたタイラの手は弾かれた。大きな破裂音が響き、レイ自身も目を見開いたが、舌打ちをすると家を出ていった。呆然と立ち尽くし、タイラは追いかけられなかった。

四之森薬品工業――タイラの実家が、レイになにをしたというのか。

◆

タイラは食事の準備をしてレイの帰りを待った。以前購入した高級な肉を使ったので喜んでくれるだろうかと思っていたが、料理が冷めてもレイは戻ってこなかった。

日を跨ぎ、探しに行こうかと椅子から立ち上がったところで、静かにレイが帰ってきた。珍しく軍帽を被っており、表情は窺えない。「おかえりなさい」とタイラは明るく出迎えた。レイは顔を上げると、タイラと並べられた食事を見て目を丸くしたが、すぐに顔を背けた。

「食事はお済みですか。まだでしたら今から温めますから――」

レイは無視して自分の部屋へ入った。バン、と強く扉が閉ざされる。

レイとすれ違った瞬間、微かに血の匂いがした。任務はなかった。ひとりで凶獣を狩ってきたのか。しかし発情している様子はなかった。もしや、バディである自分以外の男と発散したのだろうか……。その想像に頭痛がした。脳をかきむしりたくなる。

タイラは支給品を漁《あさ》り、鎮痛剤を探した。自然とメーカー名を確認する。軍から支給される常備薬は、以前は四之森の製品で名前を見ただけでも嫌悪感を覚えたものだが、最近急成長している外国の製薬会社・ソテル社の薬に替わっていた。ソテル社の薬は安価だ。軍の財政が逼迫《ひっぱく》しているのだろうか。成分表を見て、飲むのを止めた。

レイの態度が豹変したのは、タイラの実家が四之森薬品工業だと話したときだ。会社となにか因縁《いんねん》があるのだろうか。薬害で殺されたと製薬会社相手に訴訟を起こされた例は数えきれないほどある。薬には必ず副作用があるし、万能薬が作れるわけがない。だが、レイは貧民街の出身だ。緩衝地帯は街と見なされないので戸籍は与えられず、戸籍がなければ病院にもかかれない。

四之森の名を聞いた日からレイの機嫌は悪く、いくら謝っても理由を尋ねても口をきいてくれなかった。タイラの視線を避けるように、いつものマスクに加え、軍帽まで被っている。

今日もレイは部屋から出てこない。タイラはノックし、外から呼びかけた。

「レイ、なにか気に障ったのなら謝ります。理由を話してはもらえませんか？」

しかしレイからの返事はなかった。このままではまずい。任務への支障より、レイの体調が気にかかった。食事もまともにとってくれないのだ。

関係が修復されないまま、数日後、任務が下された。久しぶりにレイの顔を見るが、口をきいてはもらえないどころか、目すら合わなかった。

レイはいつもと様子が違った。時間通り集合場所に姿を現し、車内でも戦闘前の不調を堪えている様子はなく、ただ静かにブラウンの瞳で前を見据えていた。

「レイ、今回の作戦ですが――」

「必要ねえ」と、ようやくレイが口を開いた。

「全部俺が倒せば済む話だろうが。……力なんか使わなくても、全部俺だけで……」

レイが口元を押さえて小声でなにかを呟いている。タイラには断片的にしか聞こえなかったが、普段との様子の違いに、嫌な汗が背中を濡らした。

現場に着き、タイラはアサルトライフルのストックを握った。森を進んで、すぐに凶獣の姿を確認する。慎重に行くべきだ。レイに任せず自分が前に行く。タイラはレイにハンドサインを送るが、レイは見ていなかった。独断で飛び出し、凶獣の死角から飛びかかる。それはいつものことだった。レイは抜刀し、凶獣の首めがけ、刀を振り下ろした。

だが、一太刀で斬り落とされるはずの凶獣の首は落ちなかった。明らかにレイの動きが鈍い。死角からの一撃は、凶獣の首を掠っただけだった。黄色の目を光らせた凶獣は地響きのような咆哮を上げ、レイに向けて前脚を振りかぶった。タイラは叫んだ。

「ッ、下だ！」

レイがしゃがんだところで、タイラは凶獣めがけ、構えていた銃の引き金を引いた。胴に当たり、凶獣が体勢を崩したところを、レイが日本刀で首を斬り落とした。

「――っ、くそ、くそッ！」

レイは叫びながら死んだ凶獣の目玉に何度も刀の先を突き刺した。がさりと葉が鳴った。

「レイ！　横です！」

草陰から飛び出してきた黒い獣――だがいつもの凶獣とは違う姿に思えた。凶獣にしては小柄で、タイプ・ウルフなのだろうが、頭から鹿のような角が生え、異形の姿に進化している。

レイはすぐさま上段に構えた。しかし凶獣が牙を向けたとき、一瞬、レイの動きが止まった。

「！　レイッ」

レイの脇腹に凶獣の牙が食い込んだ。苦悶に顔をゆがめるレイ。タイラはなんとか冷静さを保ち、凶獣めがけ数発撃ち込んだ。ひるんだ凶獣から間合いを取り、レイが心臓めがけて突き刺す。刀を抜くと、ごぽりと血が溢れ出した。レイは傾斜を転がり、凶獣から離れた。

凶獣は倒れた。レイの傷が気になるが、タイラは先に凶獣が絶命したか確認する。即死だ。

ふと、凶獣の首元でなにかが光った。ドッグタグだった。他の兵士から奪ったのだろうか。タイラはすぐに疑問を振り払った。そんなことよりもレイだ。

坂の下でうずくまり、脇腹を押さえるレイに駆け寄る。辺りは血の海になっていた。

「レイ！　気をしっかり持って、そのまま押さえておいてください。今すぐ応急処置します！」

「いらねえよ……痛っ、触んじゃねえ……見えねえところに行ってろ」

「そんなこと言っている場合じゃありません！　俺のことが気に入らないかもしれませんが一刻を争います。傷口を洗いますから、少し染みると思いますが――」

「だから、俺には必要ない」

　このままでは命が危ないというのにまだ意地を張っているのか。かっとなったタイラは、レイの言葉を無視して服に手をかけた。「触んじゃねえ」とレイは抵抗したが、タイラをはね除ける力はなかった。服の上からでも傷口を押さえ、まずは出血を止めなければ……！

「チッ……はは、飲まなかったらこんなに痛いんだな。興奮はしねえけど、傷は治りやがる。いよいよ俺も化け物だな……」

「？　なにを言っているんです、いいから傷を見せて――……え？」

　脇腹の出血が止まっていた。軍服が血に染まっているだけで、すでに傷口が塞がっている。信じられなかった。大量の出血で地面には染みができている。深手だったはずだ。

「な？　いらねえって言ったろ？」

「っ、ほ、他に怪我はないのですか」

「だから、止めろって。怪我人だぞ、って怪我治ったんだったなあ」

　タイラは暢気《のんき》に笑っているレイの服を脱がした。レイはもう抵抗しなかった。

　レイの裸を見て、思わずタイラの手が止まった。

「な……なんですか、その体……」

ふっ、とレイは小さく笑みを零す。

「あーあ、この前腰に触られたときは追求されなかったから、まだ正体明かさなくていいんだって、安心してたんだけどなあ」

あらわになった上半身には、漆黒の毛が生えていた。明らかに人間のものではなかった。

タイラの視線に応えるように、レイが手袋を外す。黒い手先には、鋭い爪が伸びている。

「もう生えてきたな、爪。いちいち切るの大変なんだよ」

レイはあっさりと、口元を隠していた黒いマスクを取った。に、と口角を上げる。牙が生えていた。軍帽を脱ぐと、黒色が混じる金髪の上に、三角の犬耳が生えていた。

「見た通りだ。俺の体は半分凶獣になってんだよ」

初めて見るレイの姿に、タイラの胸の鼓動が速まった。

「なぜ……どうして、そんなことが……」

「お前は、普通の人間がたったひとりで、あのでかくて強い化け物相手に勝てると思ってたのか」

「え？」

「元々持って生まれた能力だと思ってたか？　はっ、絵本の主人公じゃあるまいし、実際にノーリスクで凶獣と渡り合える奴が存在したら、そいつも化け物だな」

「……どういう、ことなんですか」

レイは口の端をつり上げた。

「俺は――特殊殲滅部隊のハウンドは、凶獣から作られた薬で強化された化け物なんだよ」

タイラは言葉を失った。レイが冗談を言っているようには見えないが、簡単には信じられなかった。しかし認めてしまえば、人間離れした強さも、つねに体を隠していたことも合点《がてん》がいく。

ははは、とレイは乾いた笑い声を上げた。

「化け物部隊なんて、誰が言い始めたか知らねえけど、その通りすぎて笑えるよ。凶獣と渡り合える力を手に入れて、発情までするんだもんな」

「もしかして、戦闘後に発情していたのも、その薬の影響なんですか」

「ああ、副作用っていうのか。アドレナリンとか適当なこと言ってたけど、ありえねえだろ。戦闘後に興奮するなんて、特殊な性癖だとでも思ってたか?」

「自分の意思とは関係なく発情するなら……レイは、抱かれることを心から望んでいたわけではないんですね」

レイは目を伏せ、口元をゆがませた。

「……まあ、そういうことになるな。別に、男が好きってわけじゃない。発情するとなにも考えられなくなって、入れて欲しいって思っちまうんだから。仕事のうちだと思えばいいさ。もう慣れたしな。お前とは体の相性悪くねえし、そこはよかったな」

レイは笑っていたが、無理をしているように見えた。もしかしたらレイは、理性を取り戻したときに後悔していたのではないか。抱かれたくもないハンドラーを求めてしまうことを。

お前に抱かれるのも嫌だったよ、と言われるのを恐れてそれ以上聞けなかった。たとえ任務だとしても、魅力的なレイを抱けるのが幸運だと少しでも思っていた自分が許せなかった。

俺もあんま詳しくねえんだけど、と、レイは薬の説明を始めた。

「ハウンドはひとり残らず強化薬――Ａｄっていうのを飲んでいる。タイプ・ウルフの凶獣の細胞から作られたらしいが、詳しくは知らねえ。身体能力が向上して感覚が研ぎ澄まされるんだと。感情も昂ぶるし、痛みも感じなくなる。自己治癒みたいなのもすごくて、軽い傷ならすぐに治る。今みたいにな」

「それと引き替えに、戦闘後の興奮が見られる、と……」

「そういうとこは麻薬みたいなもんかもな。あ、副作用は他にもあるぞ。目の色、今はブラウンだと思うけど薬使うと黄色くなるらしい。あと薬を使った反動がめちゃくちゃ辛いとか」

今回の任務で瞳の色が変わっていなかったのはＡｄを使わなかったからか。だからいつもよりレイの動きは鈍かった。家にいるレイがずっとだらけていたのも副作用のせいなのだろう。

「でも一番きついのは、薬を使うごとに狼の姿になることだな、こんなふうに」

レイは右腕を軽く上げた。肘の辺りまで黒色の獣毛が生え、指は五本だが肉球らしき瘤《こぶ》が存在し、人より狼に近くなっている。

「さっき俺の脇腹嚙んだ獣、ドッグタグがついてた。たぶん、俺と同じハウンドだろうな。他の凶獣にやられたか知らねえけど……。ま、凶獣みたいに食ったりしねえから安心しろよ。どっちかと言えば俺がお前に食われてるみたいなものだな」

がおーと、レイは顔の前で指を曲げ、狼の真似をして笑った。その笑顔が辛かった。何度も見たいと思った素顔なのに……。

タイラはなにも言葉をかけられなかった。ただ奥歯を噛み締めた。驚きと、それ以上の怒りや悲しみが渦巻《うずま》いていた。人体実験のような極悪非道な行いがまかり通っているなど、腐っている。

「そんな……っ、そんなこと、許されるはずがない！」

レイはそっと手を下ろし、弱々しく口元をゆがめた。

「……お前がそれを言うんだもんな。だがお前に許されようがなんだろうが、実際にお前の目の前にいるだろ。俺もこの体を受け入れてるし、俺の今までを否定すんなよ……でも、お前は、俺の代わりに怒ってくれてんだな。こんなに怒ってんの見るの、初めてじゃねえか？」

沈黙。しばらくしてレイが目を伏せた。

「……悪かったな。前にお前が自分のことを話してくれたとき、カッとなっちまって。そうだよな、タイラがどこの誰だとか関係ないんだよな。タイラはタイラ。俺の知っているタイラは、目の前にいる変人のタイラだ。お前と出会ったのは偶然だし、特殲隊に誘ったのは俺のほうだ。お前が初めてだよ、こんなに俺にかまう奴は」

「当たり前でしょう、俺たちはバディなんですから。レイを否定なんてしません。……それに、レイと初めて会ったとき、助けてくれたとき、俺はレイにどうしようもなく惹かれたんです」

初めて見たレイの姿を今でも思い出せる。そのときの興奮が蘇ってきた。目の前が輝きだし、心臓がどくどくと激しく脈打ちだした。

だが、へらへら笑顔を貼りつけていたレイの表情は、一瞬で険しいものへと変化した。

「初めてお前と会ったとき、殺した凶獣は任務じゃなかった。興奮が収まらなくて、近くの凶獣を殺しに行った。俺は、お前を助けたヒーローなんかじゃねえんだ」

「でも、あのときレイが来てくれたから、俺は助かりました。そして、今こうして、レイの隣にいる。レイ、俺はずっとそれを、運命だと信じてきたんです」

うまく言葉が出てこない。初めてレイの素顔を見られて、レイの秘密に触れられて、こんなにも感情が溢れているのに——。この気持ちの半分もレイに伝わらなくてもどかしい。

前のめりになるタイラに、レイはゆっくりとかぶりを振った。

「わかったはずだ、俺の半分はもう敵の凶獣と同じになっている。タイラ、お前が憧れていた強い俺なんかいないんだよ。薬がなけりゃ、俺はさっきみたいに、ひとりで凶獣に太刀打ちできない。作られた最強の化け物だ。幻滅したろ？」

なにを謝ることがあるのか。どうしてそんな諦めたような顔を見せるのか。レイはなにもわかっていない。俺の心は燃えるように熱くなっているのに……。

レイ自身が人間だと思っていなくても、誰からも化け物だと指を差されようと、タイラはずっとレイのことを愛おしく思うだろう。好きだと胸を高鳴らせるだろう。強さも美しさも子供のような我が儘も、タイラの心を摑んで離さない魅力なのだ。

いくら見た目が変わろうが、レイであることに変わりはないのだから。

「——幻滅、するわけありません。レイのありのままの姿を初めて見ました。化け物だなんて、気味が悪いなんて思わない。魅力的で、さらにレイを好きになりました」

「え……はあ？　お前、なに言ってんだよ。聞いてたか、体も見たろ。嘘つく必要はねえって。正直に言ったって殺さないし、特殲隊辞めたところで罰則ないように計らってやるから」

「そんなものに怯えて嘘をついているわけではありません。全部、俺の本心です。レイ、綺麗です。もっと貴方のことが知りたい」

タイラはレイの手に触れた。レイはさっと手を引いた。驚きや戸惑いのためか、視線は宙を彷《さ》徨《まよ》っている。

柔らかい毛並みの感触を反芻しながら、タイラの脳裏に、ある過去の光景が蘇った。

両親に愛されない、周りにも必要とされない陰鬱な生活の中でタイラは生きる意味を見失っていた。そんな中、凶獣に家族共々襲われたことがある。ここで死ぬのだと思った。でもそれでもいいと……。別に死んでも誰も悲しまない。誰もタイラを必要としていない。愛してはくれない。逃げる気力すら湧かなかった。

血に染まる視界の中で、タイラは初めて凶獣を間近で見た。圧倒的な強さを誇る漆黒の獣――陰鬱な人生を一瞬で壊してくれた最強の存在にタイラの胸が早鐘を打った。手に汗を握り、頬は熱く紅潮していた。俺は生きているんだ……タイラはこのとき初めて生を実感した。タイラは軽傷だったが、心には凶獣に対する強い憧憬の念が刻まれた。

だがその想いは、凶獣に壊された世界では異常だった。

だからタイラは軍に志願した。レイにも語らなかったもうひとつの志願理由――異常な自分を変えるために、憧れの存在である凶獣を殺す戦闘部隊に入ったのだ。戦地での現状を見て、凶獣への憧れを抱く異常な自分を変えたかった。

しかし、タイラは変われなかった。レイを前に、強さへの憧れは強くなり、半分凶獣の姿になっているレイに強烈に惹かれた。レイはこの姿を望んでいないのだろうが、タイラにとっては非常に魅力的な存在に映った。

「レイ、俺はレイのバディを止めません。レイの美点のひとつとして、さらに好きになっただけだ。これからは俺にその姿を隠す必要はありません。俺は、ありのままの貴方に強く惹かれました。これからもレイの側にいたい。レイのバディでいさせてください」

この世界では異質なタイラの、正直な気持ちだった。

タイラの熱を帯びた言葉に、レイは、「お前のほうがよっぽど気味が悪い」と顔をゆがめた。

◇

意味がわからなかった。レイは自室でひとり、耳を塞いだ。それでもタイラの言葉が頭から離れない。

『——幻滅、するわけありません。レイのありのままの姿を初めて見ました。気味が悪いなんて思わない。魅力的で、さらにレイを好きになりました』

ありのままの——この半分凶獣の姿が魅力的だなんてありえない。

レイが正式に特殊殲滅部隊に配属されたとき、最初に言われたのは、『人と会うな』ということだった。正体を隠すために、街へ行くことを禁じられた。

だが一度だけレイは規則を破った。正体を隠し、街に行った。賑やかな声に引き寄せられて入った飲み屋で、ひとりの男と意気投合した。特殊殲滅部隊に入って初めて過ごした楽しい時間だった。ハウンドは人間じゃないと言われたが、人間と変わらないじゃないかと思った。

だが、その時間はすぐに終わった。もう鮮明には覚えていない。気づけば男に正体がばれていた。『化け物だ』と騒ぎになった。駆けつけた兵士に連れられ、レイは帰った。その後はよく知らない。その事件は揉み消され、相手がどうなったかもわからない。

『お前はもう、人間じゃないんだ。人間には近づくな』

事件の後、中佐に言われた言葉が、呪いのようにレイを縛りつけた。

だから、タイラも受け入れてくれるはずがない。

ずっとタイラに正体がばれるのを恐れていた。誰よりも優しいタイラだからこそ、正体がばれて嫌われて隣からいなくなるのが怖かった。それなのに――。

タイラの言葉がまた耳の奥で聞こえて、レイは首を振った。簡単に信じられない。受け入れてくれる言葉を望んでいたはずなのに、いざその言葉を言われると、喜びよりも戸惑いが勝った。まだ人の部分が残っている今は耐えられても、いずれタイラは化け物の俺を捨てる。想像するだけで喉が引きつるような息苦しさを覚えた。

いっそ捨てられるぐらいなら――。タイラに侮蔑や畏怖の目を向けられ、遠ざかっていく光景を想像し、レイは決めた。いつか訪れるその瞬間を恐れ続けるぐらいなら、いっそ傷が浅い今のうちに自分から捨てよう。そのほうがましだ。まだ、耐えられる……。

早朝、レイはタイラが日課の訓練に行った隙を見計らって家を出た。帯刀したのはいつもの癖だ。朝日の眩《まぶ》しさを片手で遮りながら街の方向へ歩を進めたが、すぐに踵《きびす》を返した。街には行けない。化け物は街になど行ってはならない。

自然とレイの足は街の反対側、凶獣が住まう森へと向かっていた。懐かしい貧民街を横切る。誰もが瓦礫《がれき》やあばら屋の中からこちらを見るだけで、近づく者はひとりもいなかった。俺が化け物だからか、とレイから乾いた笑みが零れた。

また頭の奥でタイラの声が聞こえた気がした。うるさい。そんな言葉で俺を惑わすな。感情はぐちゃぐちゃで叫び出したかった。森には俺と同じ化け物がいる。だが化け物にとっても俺は異質な侵入者でしかない。俺の居場所はどこにもない。

森に入るなり、小ぶりな凶獣がレイに飛びかかってきた。邪魔だ！　感情が爆発するままにレイは抜刀すると刀を振った。それだけで凶獣は死んだ。また一歩、人間から遠ざかった。もう薬を使わなくても、こんなに強くなれるのだ。本当の化け物ではないか。

黒い肉塊を見下ろし、自然と笑いが込み上げてきた。涙が頬を伝った。

◆

木々の間を影が動いていた。タイラはそれがレイだと気づいて、深く息を吐いた。

レイがいなくなったと気づいてから、タイラは街中を駆け回っていた。どうして急にいなくなったんだ。姿を見てしまったからか。バディよりも深い関係を望んでしまったからか……。原因がなんにしろ、レイに会わなければ答えはわからない。貧民街で聞き回り、ようやく壁の外へ向かったのを見たという話を聞いたのだ。

レイの姿にひとまずタイラはほっとしたが、レイが何度も刀を地面に突き立てているのを見て息を詰めた。周囲には小さな凶獣が何匹も転がっていた。飛び散った血がレイを汚している。

「レイ、探しましたよ」

タイラはレイに近づき、優しく話しかけた。その声も聞こえていないようだった。レイは手を止めない。タイラは近づき、レイが振り上げた腕を摑んだ。

「もういいでしょう。死んでいます」

ようやくレイは、ブラウンの瞳をタイラに向けた。その瞳が揺れた。初めて見るレイの瞳だ、そこにはタイラの憧《あこが》れた強い輝きはなく、弱々しくタイラを映すだけだった。

「なんだよ……なんで、お前は来るんだよ……」

微《かす》かに震える声にタイラは狼狽《うろた》えたが、ぐっとレイを摑む手に力を入れた。

「バディだから来るに決まっているじゃないですか。迎えに来ました。じきにここは暗くなります。さあ、俺たちの家に帰りましょう」

揺れる瞳を見つめていると、やがてレイはうなだれて、小さく頷《うなず》いた。手を引き、帰路を進むタイラに大人しくついてくる。

家に着き、タイラは明るく、しかし不自然にならないように声をかけた。

「先に風呂に入りますか。食事は……ああ、出しっぱなしだったので、生ものは駄目ですかね。簡単なものを作り直しますね」

どうして、とレイはか細い声をタイラの言葉に被《かぶ》せた。

「……なんで。わかんねえ。全部知ったろ？　なのに、お前は変わらないのか……」

「変わっていますよ。レイと出会ってから、俺は別人になっています」

レイはキッとタイラを睨《にら》んだ。

「お前も見ただろっ。俺は化け物だぞッ！　なのに、なんでお前は俺の正体を知っても逃げないんだ。意味わかんねえよ！　お前の言葉だって信じられるわけない。絶対にいつか俺の前からいなくなる。お前がまだ逃げないなら、俺から捨てるしかないだろ、俺が……化け物だから……」

レイは徐々に視線を落とし、獣の血で汚れた手袋を見つめた。一日中、刀を握っていたのだろう、手は小刻みに震えていた。

レイがどれほど辛い思いをしてきたのか知ることはできない。だがレイの引きつった叫びを聞くたび、胸が引き裂かれるように痛んだ。レイの痛みを引き受けられるなら、全て奪い去ってしまいたかった。癒やしてやれるなら、どんなことでもできるのに……。

タイラは狼に似たレイの手を取って、真っ直ぐ彼の目を見た。

「俺のこと、すぐには信じてもらえないかもしれません。でも俺の言葉は全部本心です。レイのことは魅力的に思っていますし、今のレイに惹《ひ》かれています。姿を隠さないで欲しいですし、これからもレイのバディでありたいんです」

見開かれたレイの瞳は、灯火のように揺れていた。今にも消えてしまいそうな弱々しい光だ。これがレイの本当の姿なのかもしれない。いつも笑っている傲慢《ごうまん》な特殊殲滅《せんめつ》部隊のレイは偽りの姿で、演じていないと自分の身に迫り来る変化に耐えられなかったのだ。

獣に堕《お》ちていく自分に怯えて、苦しむ、普通の人間――。

目の前には強く憧れた力を持つレイはいなかった。それでもタイラの恋心は消えるどころか、レイをたまらなく愛おしく、大切に想った。

タイラはぎゅっとレイの手を握る手に力をこめた。――レイを救いたい。脆《もろ》い自分を隠して戦い続ける彼を、自分の手で助けたかった。レイを苦しめる全てから守りたかった。

レイは目を伏せ、しばらく俯《うつむ》いていた。長い睫《まつげ》が頬に影を落とす。繋いだままの手を見つめ、

「……どうでもいいか、もう」

と、小さく呟《つぶや》き、タイラの手を引いた。そのままレイの自室へと導かれる。

レイの部屋に入るのは初めてだった。タイラは緊張から喉を鳴らした。

閉ざされていた扉を開けて足を踏み入れる。目の前に広がる光景に、タイラは動きを止めた。

ベッドには抜け落ちた黒い毛がごっそりついていた。かきむしったのか、生え替わりとは思えない量だ。部屋の隅には鹿の角のようなものが積まれていた。レイに生えた角など見たことがなかったので、生えるたびに折っていたのだろう。壁は爪で引き裂かれ、壁紙はぼろぼろだった。柱がいびつに凹んでいるのは歯形だろうか。牙が生えてくると痒くなるのかもしれない。

「ほら、俺の部屋、人間の住む部屋じゃねえんだよ。毛や角も生える。牙も鋭い爪もある。いくら折ってもなくならねえんだ。これでわかっただろ。俺は化け物だ。お前とは違うんだよ」

事実を読み上げるように淡々とレイは話した。その声を聞きながらも、タイラの目に留まったのは、引き裂かれた壁や、隅に積まれた角ではない――別のものだった。

タイラが買ってきたおそろいのカップは使い込まれていた。

蟬《せみ》の絵本は机の上に置かれ、何度も読まれたのか開き癖がついている。

食べたい料理を教えて欲しいと渡した料理本には、いくつも付箋《ふせん》が貼られていた。

字を教えたノートには、タイラの名前が繰り返したくさん書かれている。

タイラがなくしたと思っていたシャツは、ベッドの脇でくしゃくしゃに丸められていた。

ひとつひとつ見るたびに、二人で過ごしたささやかな時間を思い出した。空っぽだったレイの部屋はもうない。今はタイラとの思い出で埋め尽くされていた。

過ごした時間の分だけ、レイのことが好きになっていた。そして新たな一面を知れた今も……。

レイの部屋にある全てがとても愛おしかった。

いつか――。タイラは思った。レイの空っぽの心も埋めることができるだろうか。いや、自分が埋めなければ。自分が与えたもので埋めたいのだ。

唐突にレイは服を脱ぎ始めた。頭には犬耳が生え、手足は漆黒の毛に覆われ、指先は鋭い爪が生えている。顔以外でつるりとした人の肌を保っているのは、胸と腹、性器の回りだけだった。

全てをさらけ出し、レイは問うた。

「お前は、タイラは……本当に、こんな化け物の俺を抱けるのか?」

あざ笑うような強がった声、でもその語尾が震えていることにタイラは気づいていた。

「俺は人間じゃない。化け物なんだよ」

レイはタイラの胸ぐらを摑むと、自分のベッドにタイラを押し倒した。そのまま馬乗りになり、ぐっと、タイラの首に手をかける。毛と肉球の感触。長い爪が頸動脈《けいどうみゃく》に触れる。

逆の手で、レイは半分以上も黒色のまだらになった髪をかき上げた。引きちぎっても何度も生えてくるのだろう、額の両端には小さな角が生えていた。レイは牙を剝《む》き出しにして言った。

「もう一度だけ聞く。俺が化け物でも、タイラは本当に、前と同じように俺を抱けるのか?」

無理だろう、とはなから答えを決めつけている投げやりな声音だった。だがタイラにしてみればそれは愚問だった。共に過ごした時間は多くないかもしれない。だが初めて会ったときから、レイを想う気持ちは誰にも負けない自信があった。どれだけレイを想っていたか、彼は気づいていないだろう。そしてそれは、正体を知った今なお変わっていない。

首を絞めるレイの手首を摑んで拘束を解くと、タイラは体を起こした。獣の毛に覆われたレイの手を握り、真っ直ぐにブラウンの瞳を見つめて告げた。

「関係ありません。俺はレイを愛しているんです」

自覚したこの気持ちが消えることはない。伝わらないなら何度だって言い続ける。

レイが好きだ。愛している。誰よりも大切に思っているのだと――。

「え、は……? な、なに、言って……」

レイは目を見開き、唇を戦慄《わなな》かせていた。タイラは握る手の力を強める。

「抱けるのか、なんて、問われるまでもありません。俺はずっとレイを愛していました。初めて見たときから惹かれていました。ずっとレイのことばかり考えてきましたし、レイのことをもっと知りたい、その隠された姿を見たいと思った。笑顔も泣き顔も全部見たい。……嬉しいんです。レイが自分の姿をようやく見せてくれて」

タイラはぐっと顔を近づけて、はっきりと続けた。

「抱けますよ、レイ。今だってすぐにでも貴方を抱きたい。好きだから、当たり前でしょう？　俺の言葉が信じられないのなら、今から抱けると証明させてください」

タイラは逆にレイを押し倒した。証明するなどと言ったものの、レイのことがたまらなく愛おしいのだ。愛しい人を抱きたいと、タイラ自身が強く思っただけだ。

レイはあっけなくベッドの上で仰向けになった。まだなにが起こっているのかわかっていないのか、ぽかんと口を開けている。

タイラはまだ状況が呑み込めていないレイにキスをした。ずっと黒い壁に阻《はば》まれていた唇は、柔らかくて甘かった。レイとの初めての口づけはそう感じた。囁くように「抱きますよ」ともう一度言う。ようやく顔に朱が差したレイが唇を引き結び、タイラの胸を押した。

「なっ、なに言ってんだ！　離れろっ、馬鹿、駄目だっ」

「聞いたのはレイのほうです。それに愛する人にそんな無防備な姿を見せられて今更止められません。お願いします、触れさせてください」

タイラがレイの毛の生えた首筋に顔を埋めると、レイは小さく悲鳴を上げて体を強張らせた。

「ほ……本当に、この姿でもいいのか……？」

この姿がいいのだ。萎《な》えるどころか、ようやくレイが本当の姿を見せてくれたことに全身が歓喜し、熱く昂《たか》ぶっている。

獣に堕ちたレイを抱くのではない。愛しい目の前の男を抱きたい。

戦う強いレイも、我が儘で子供らしいレイも、弱さを見せるレイも、彼の全てが好きなのだ。

レイは身を強張らせたまま動かなかった。未だ視線を彷徨わせ、狼狽《うろた》えている。自分から迫ってきたというのに消極的な様は今までのレイとは違った。薬の副作用などはない、これが本来の姿なのだろう。発情していないレイは初心《うぶ》で可愛らしかった。

レイが居心地悪そうに身をよじり、両腕で体を隠した。

「……やめろ、そんな、無言で見んな。嫌なら、気持ち悪いなら……やっぱり無理だって思ったんなら、はっきりそう言えばいいだろ……」

レイの声は僅《わず》かに震えており、タイラは後悔に口元をゆがめた。無言で見つめて、レイを不安がらせてしまったようだ。

タイラはレイの頬に触れた。びくりとするレイに、タイラは微笑みかける。

「違うんですレイ。無理だなんて思えない。嬉しくて、綺麗で……思わず見惚れてしまいました」

「はっ？」

本心だった。レイの美しさに目を奪われていた。細い指の先に鋭い爪が生えていようと、白く小ぶりな尻に尻尾が生えていようと、触り心地のいい白い肌の半分が、漆黒の獣毛に覆われていようと。タイラにはレイを構成する全てが魅力的に映った。

「今、目の前にレイがいることが嬉しいんです。体の関係があったのは任務の一環でした。はじめはそれだけでもよかったんです。たとえ正体を隠されていようと、心からでなくとも、貴方に求められることが……。でもそれだけでは満足できなくなった。もっと欲しくなったんです」

「……お、俺は、嫌だった」

レイの言葉に、タイラは手を止めた。

「男になんか抱かれたくなかった。でも薬のせいで発情しちまう。そんな自分が嫌だった……」

「レイ……」

今も無理をしているのか。自分の身勝手な欲望でレイを苦しめているのか……？　レイを犯したいわけではない。タイラは手を引こうとした。が、レイがタイラに視線を合わせた。

「でもタイラは大丈夫だから。はじめから優しかったし……こんな俺を受け入れてくれるなら」

「俺が触れても、平気なんですか」

「……もう、タイラしか駄目だ」

タイラの体は一瞬にして熱くなり、喜びに打ち震えた。これ以上の言葉があるだろうか。心臓が高鳴り、逸《はや》る鼓動が全身をせき立てた。自分が彼の特別であることを知るたびに、さらにレイを愛おしく思う。なにより正体を見せ、恥じるように戸惑うレイの姿に、たまらない感情が湧き上がってきた。彼に喜んで欲しい。幸せにしたい——。その衝動に突き動かされるまま、タイラはレイに両手を伸ばした。

「レイ、レイ……、綺麗です。こんな俺なんて言わないで、隠さないでください。全部見たい。ねえ、レイ、お願いします」

何度も名を呼びながら、体を隠しているレイの両腕を摑んで解いた。驚くほどすんなりと体が開かれる。強化薬を使わないと俺よりも弱いのか。それとも、体を見ること、触れることを許してくれたのか。

後者であればいいと思いながら、タイラはキスをしようと顔を近づけた。少しずつ慣らしていかなければ。

「……っ」

唇が触れる瞬間に、レイはふいっと顔を逸らした。拒絶され、タイラはショックを受けた。横目でレイが視線を向ける。

「……た、タイラは、嫌じゃねえの？　俺は、だってもう、人じゃない……」

「キスをしようとしたのは俺のほうです。嫌なわけがありません」

タイラはレイの顎を摑むと、無理矢理口づけた。

「んっ、んむ……っ」

今、誰よりも近くにレイがいるのに、耐えられるわけがなかった。もっと欲しい。いっそ、全身を食べてしまいたい。タイラは夢中になってレイの唇を貪った。

「あ……ふっ、ん……ひぅ……ふ、んんっ……」

薄い唇を食《は》み、熱く蕩《とろ》ける口腔《こうこう》に舌を差し込んだ。尖った犬歯に僅かに舌が切れ、血の味が広がる。レイを気遣う余裕などなかった。まずは怯えるレイを落ち着かせ、ゆっくり慣らしていかなければとも考えていたが、レイに触れた瞬間、理性は簡単に吹き飛んでしまった。

レイの舌は長くざらざらしていた。逃げる舌をすくい上げ、吸いつく。タイラが顔の角度を変えるたびに、レイが小さく喘ぎ、体を震わせた。

弱々しく胸を叩かれて、タイラはようやく唇を離した。互いの唾液で唇を濡らし、肩で息をして涙を滲《にじ》ませるレイを見て、申し訳なくなると同時に興奮した。タイラは暴走し始める自分を心中で戒《いまし》めながらレイの唇を拭《ぬぐ》った。

「……すみません、我慢できなくて、止まりませんでした」

頭を下げると、レイが噴き出した。

「こんな体にがっつくなよ。初めてじゃねえのに」

「初めてのようなものですよ」

タイラはそっと、上下するレイの胸に手を当てた。谷間には、首元から伸びた獣毛が僅かに生えている。そこを毛並みに沿って撫で、左胸に手のひらを置く。初めて触れた胸は熱く、どきどきと高鳴っていた。自分と同じだ。そんな些細な発見すら嬉しかった。

薄い胸を撫で、控えめな小さなふたつの粒に触れた。誰にも触れられたことがないのか、散々触れて開発された後孔とは違って、淡い色の乳首は未熟な果実のままだった。

タイラはそこに口づけを落とした。レイがびくりと跳ね、息を詰める。今までの積極的なレイでは考えられないような反応だが、これが本当のレイなのだ。

　初めて触ったのは目の前の男だと植えつけるように強く吸いつき、赤い印を残す。柔らかい乳輪を捏《こ》ねていると、やがてその中心がぷくりと芽吹いた。可愛い新芽を厚い唇で味見する。舌で転がしたり吸ったりしていると、レイが手の甲でタイラの額を押した。

「ん……馬鹿、さっきから、なにやってんだよ。薄っぺらい男の胸触ってなにが楽しいんだ、くすぐったいんだけど」

「楽しいですよ。レイの全てがいいんです。全部、触らせてください」

　レイは顔を赤くして唇を引き結んでいたが、舌打ちをして無言でベッドに身を投げた。タイラが手を伸ばしても逃げようとせず、好きにさせてくれる。許してくれたのだろうか。身も心も開かせていきたい。

　タイラは微笑み、愛撫を再開した。胸だけでなく、かぎ爪の伸びた手や、人肌と獣毛の境目にも唇を落としていく。レイの全てが愛おしくてたまらない。

　白い肌にはキスマークを残し、獣毛には鼻を埋め、日向に似た匂いを楽しんだ。レイの全てを堪能するのに服が邪魔だ。タイラは上着を脱ぎ捨てた。

　レイの体の隅々まで味わっていると、やがて吐息を漏らしたレイの腰が揺れた。タイラはレイの性器が控えめに反応していることに気づいた。彼が勃起しているのを見たのは初めてだ。乳首同様に色はまだ薄い。凝視しているタイラに気づき、レイは視線を避けるように身じろぎした。

「あんま……見んな。男の勃ってんの見ても、楽しくねえだろ。……薬のせいで、今まで全然勃ってなかったから、自分でも驚いてる、けど……」

「気持ちよかったんですよね。嬉しいです」

と、タイラは半分頭をもたげたレイのペニスに手を伸ばした。

「ひっ、や……んん、さっ、触るな……っ」

節くれだった指で包み込むと、レイの性器は先端からこぽ、と蜜を溢《あふ》れさせた。控えめな反応が愛おしくて先っぽのくぼみを撫でた。性器が少し大きくなり、レイの内腿が強張る。薬の効果ではなく、純粋にレイ自身が気持ちいいと思ってくれたことに歓喜した。

蜜口を擦り、ゆっくりと上下に扱《しご》くと、花芯は震え、さらに蜜を零した。次第に勃ち上がり、くちゅくちゅと音が立ち始めると、レイが顔を赤くし、唇を震わせた。

「え……あ、俺の、こんなになんの……？　ん、なんで、待て、やだ、タイラ、なんか変だって」

「変ではありませんよ。気持ちいいなら普通です。もっと気持ちよくなってください」

「やめろ、勃つの、男じゃん……こんなのお前もやだろ、触るなって、後ろだけでいい、なら」

「俺はレイの全部を触りたいって言ったでしょう。男だからなんて止める理由にはなりません。レイに触りたいんです」

タイラはレイのペニスの先端に口づけすると、そのままぱくりと口に咥《くわ》えた。「ひあっ」と声を上げ、レイの腰が浮き上がった。逃げる腰を摑んで、喉奥まで咥え込む。口内に広がるレイの味と鼻先に抜ける匂いに興奮する。

「っあ……や、やだ、やだって……やめろよ、汚ねえからぁ……」

レイは赤く染まった顔を隠し、ぶんぶんと首を振った。だがタイラは離す気はなかった。レイの全てを愛したいと思ったのは本当だ。

止めどなく溢れる蜜を舐め、唇を窄《すぼ》めて吸い上げる。レイが鋭い爪でシーツを引き裂いた。

「ひんっ……あっ……ん、タイラ……そこ、や……んんっ」

嫌だと言うわりに蜜は溢れ続け、口の中で屹立は脈打っている。体は正直だ。金色の淡い下生えに鼻を埋め、毛の生えていない内腿を撫でると、タイラの喉にぐっと性器が押しつけられた。

「タイラ、離せ……だめっ、吸うな……も、いくから……っあ、や、あぅ――っ」

レイは痙攣《けいれん》しながらタイラの口の中で達した。青臭い白濁が口の中に広がる。レイの味をしばらく舌先で堪能して全てを飲み込むと、レイは顔を真っ赤にして目を丸くした。

戦闘後の淫乱な姿も魅力的だと思っていた。しかし、本当のレイの姿を見ればこちらのほうが愛おしく感じた。蕩けた表情をしているレイの髪を撫で、タイラは囁いた。

「レイ、まだ頑張れますか？」

「……は、お前、なに言って……ひっ」

タイラはレイの両足を持ち上げ、後孔に触れた。

「レイの中に入りたい。いいですか？」

「っ、許可取らなくても勝手にやれよ。ほぐさなくても、いつもみたいにぶち込めばいいだろ」

「では勝手にやります。今日は俺の好きなように触らせてください」

本人の希望とはいえ、いつも発情に促されるまま乱暴に抱いていて、傷つけていたことが気になっていた。誰よりもレイを大切にしたかった。欲望のままに抱いてきたが全てを慈《いつく》しみたかった。

真っ直ぐ見つめて返事を待つと、レイは目を逸らし、微かにだが頷いてくれた。

「レイ、後ろを向いて、腰を上げられますか？」

「後ろっ？　は、いや、でも……尻尾が生えてんの見るのは、さすがにお前でも……」

「レイが気にするなら見ません」

「いや、俺じゃなくて……やっぱ無理だと思ったら、言え」

今更なにが無理だというのか。隠されるほうが悲しい。

レイが恐る恐るうつ伏せになり、腰を掲げた。背中を覆う黒い毛の下、尾骶骨《びていこつ》の辺りから狼のようにふさふさとした尻尾が生えている。セックスのときに目隠しされたのも、珍しく軍帽を被っていたのも、強化薬を使うごとに狼の姿になる副作用があったからだろう。着衣のまま抱き合えば手足の変化だけなら隠し通せるだろうが耳や尻尾は難しい。こうも魅力的なのだから隠さなくてもいいのに。じっと見ていると、尻尾が揺れた。

「だから、あんま見んなって……。入れるなら早くしろよ」

「ほぐさないと駄目です」

なだめるように尻尾に触れると、ひっと小さく悲鳴を上げ、レイが細い腰を反らせた。タイラは指を咥えて唾液を纏わせると、収縮する秘裂に差し込んだ。ぴくりと尻尾が揺れ、侵入した異物を追い返そうと締めつける。「力を抜いてください」とタイラはつるりとした臀部《でんぶ》を撫でた。

ゆっくりと抜き差ししたり、中で指を曲げてほぐしていると、ある箇所で、レイが「んっ」と甘い声を漏らした。ここがレイのいいところか。タイラはこりこりした部分を重点的に責めた。

「んあっ、ああ、あううっ……っ、や……っ、そこ、だ、めっ……くんんっ……」

　腰を震わせ、レイは枕に顔を押しつけた。尻尾が左右に揺れている。ぐちぐちと蕩けてきたところで、指を増やしていく。

「っ、しつこい……っ、も、いい……タイラ、やだ、やだって……もう入れていいから、ぁんん」

　レイが首を振りながら懇願してもタイラは続けた。レイが素直じゃないのはわかっている。指を三本入れると、バラバラに動かして広げた。レイは上半身の力が抜け、すでに腰だけを掲げる体勢だった。尻尾を左右に揺らす扇情的《せんじょうてき》な姿にタイラは思わず口角を上げる。

　内壁が蕩け、タイラの指に襞が絡みつき始めた。ぎゅっぎゅと締めつけながら、無意識に腰を揺らしている。喘ぎ声が次第に大きくなり、レイが達しそうなところで指を引き抜いた。

　ぐったりとしたレイは肩で大きく息をしながら振り返り、蕩けた瞳でタイラを見つめた。口を半開きにし、長い舌をだらりと垂らしている。今まで抱いていたときも、ずっとこんな表情をしていたのだろうか。見られなかったことが悔やまれる。今までの分も目に焼きつけようと見惚れていたら、レイが顔を隠した。すぐさまその手をどけてキスをする。

「レイ、もう入れても平気ですか？」

「遅えんだよ……。早くしろ」

　レイはうつ伏せのまま腰を掲げたが、タイラにそのつもりはなかった。細い腰を掴んで体をひっくり返す。あらわになったレイのペニスが再び反応を示していたので安心する。きょとんとしたレイと目が合うと、レイが顔を隠して狼狽えた。

「ま、待て、なんでっ……そのまま後ろからやるんじゃねえのか」

「好きにさせてくださいと言ったでしょう。ずっとレイの顔を見て抱きたかったんです。手で隠したら駄目ですよ」

タイラはレイの股の間に腰を入れると、パンパンに膨《ふく》れ上がった前をくつろげ、擦った。天を突く男根の大きさにレイが生唾を飲み込む。レイの足を持ち上げ、タイラは先端を蕾《つぼみ》に当てた。収縮する口元に先走りを塗りつける。

「やっ……そんなの、入んない……あっ、タ、イラ……ん――んああ、くうう……」

ゆっくりとレイに挿入した。傘の張りだした部分を飲み込ませれば、あとは執拗《しつよう》にほぐしたのですんなり受け入れられた。今までのように興奮に悦《よろこ》ぶ声は上げず、レイは眉を寄せ、下唇を噛んでいる。タイラは途中で腰を止めると、深く息を吐いてレイの頭を撫でた。

「痛いですか？」

「ん……違う……けど、わかんね……なんか変な感じ……」

レイの反応を窺《うかが》いながらゆっくりとタイラは動いた。浅いところを何度も擦る。まだレイの体は強張っており、初めてのセックスのようだった。レイはまた狼のような手で顔を隠してしまった。頭部に生えた犬耳をこりこりとくすぐる。慌てたレイが手をどけた隙に、レイの眉間の皺《しわ》に唇を落とした。もっとリラックスしてもらいたい。

タイラは口を寄せたが、レイは顔を背けた。

「んっ……、は……ぁ、タイラ……全部入れろ、も、平気だから……早く……」

「……わかりました。俺の背中に腕、回してください」

タイラはレイに覆い被さるとレイの逃げる腰を摑んで、ぐぐっと奥まで押し進んだ。レイは声にならない嬌声《きょうせい》を上げた。その瞬間、タイラは背中に激痛を覚え、奥歯を嚙み締めた。レイがタイラの背中に鋭い爪を立てている。

「——あっ、あ……っ、タ、タイラ、ごめ……ふ、んんっ——」

レイも気づいて手を離そうとしたが、タイラはキスをしてそれを防いだ。

痛みはある。が、平気だった。痛みすら愛おしいと思った。もっとすがって欲しい。自分が傷つくことでレイの痛みが少しでも和らぐなら、自分の体などいくらでも差し出せる。

しばらくは動かず、レイに口づけを繰り返した。肉襞《にくひだ》が蕩けて、レイが自ら腰を揺らし始めてから、タイラは抽挿《ちゅうそう》を開始した。

レイはタイラに揺さぶられながら、ブラウンの瞳を彷徨わせた。本当に別人のようだ。もっといろんな顔を見たい。いろんなことをしてあげたい。涙で潤む瞳すら可愛いと思えた。

レイはタイラの首から下がるドッグタグに嚙みついた。歯を立て、声を抑えている。こんなに可愛い声を封じるなんてもったいない。

タイラは再び勃ち上がったレイの性器を扱いた。ドッグタグを咥える口の端から涎《よだれ》を垂らし、鼻にかかる声を漏らしていたレイだったが、くぼみをぐりぐりと捏ねると、「ああっ」と耐えきれず口を開けた。その隙に律動を速める。浅い内を擦られ、レイは首をのけぞらせながら喘いだ。

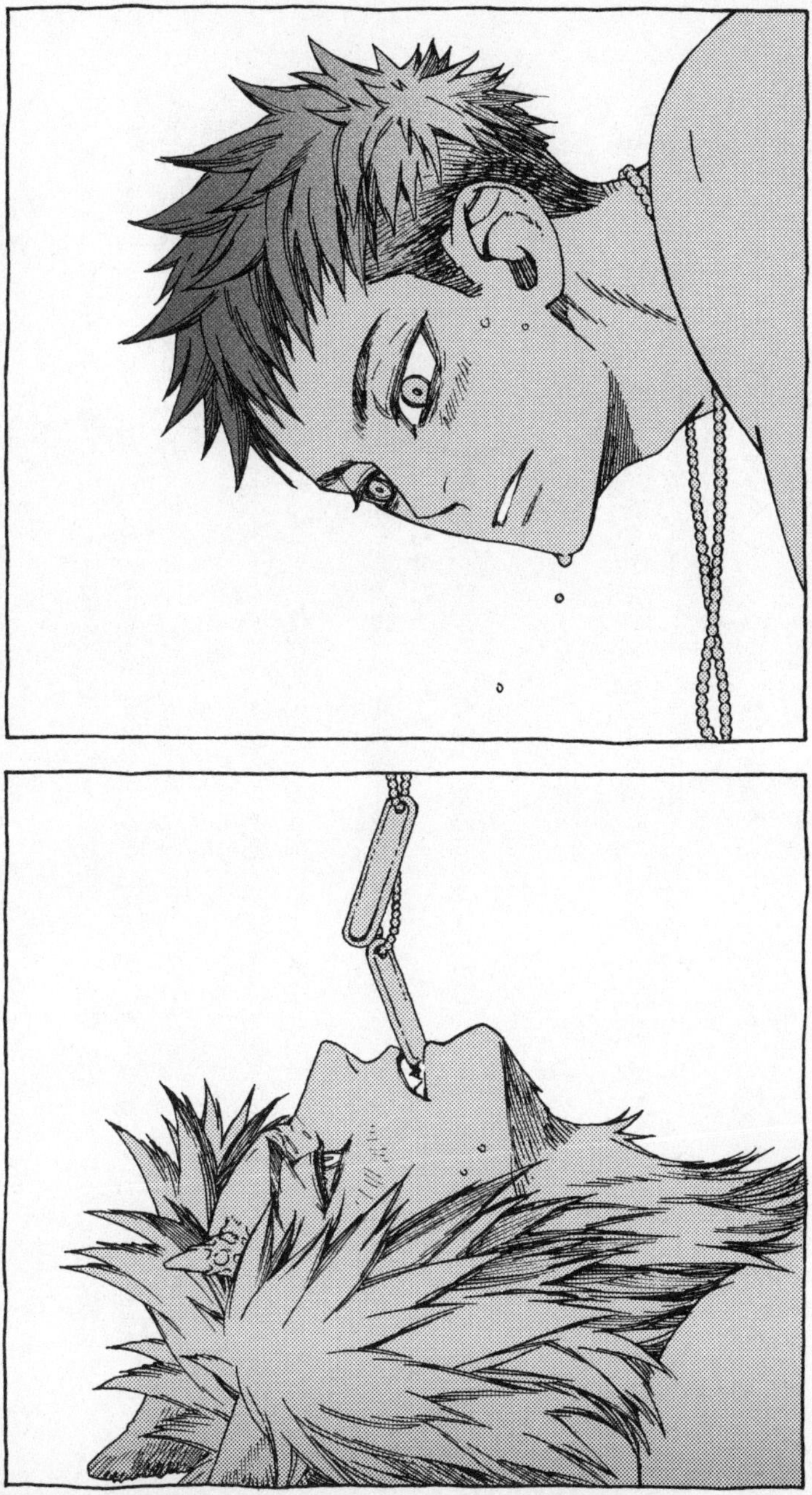

ぎゅっと目を瞑《つむ》りながらも、レイはがくがくと震える足をタイラの腰に巻きつけた。毛の感触がくすぐったい。レイも離れがたいと思ってくれているのだろうか。タイラはレイの腰に手を入れ、軽く浮かせると、激しく最奥《さいおう》を叩いた。大切にしたいと思っていたが、レイの淫らな姿に我慢できなくなった。

「ふあっ、あああっ！　いあ、あんっ、タ、イラ……ああっ、タイラぁ……っ」

名前を呼び、すがってくれることに恍惚感《こうこつかん》を覚える。何度もキスをし、耳元で囁いた。

「レイ、愛しています、レイ……」

その瞬間、レイがひときわ高い声を上げ、中のタイラを締めつけた。レイは四肢を強張らせながら、腹部と胸に精液を飛び散らせた。

タイラも愛しい男の中に熱い精を注ぎ込んだが、愛の言葉の返事は最後まで聞けなかった。

◇

『関係ありません。俺はレイを愛しているんです』

『ずっとレイのことばかり考えてきましたし、その隠された姿をずっと見たいと思った』

『抱けますよ、レイ。今だって貴方を抱きたい』

レイはぐっと、自分の毛むくじゃらの腕に爪を立てた。痛い。夢じゃない……。レイはタイラの言葉を反芻《はんすう》した。

タイラはこの化け物の体を見て、受け入れてくれたのだ。

ずっと、タイラに正体がばれるのを恐れていた。今まで一度もハンドラーたちに受け入れられることはなかった。これから先もないと思っていた。

俺は化け物だ。誰が見てもそうで、自分が一番実感している。時間が立つほど狼の特徴は顕著《けんちょ》になった。だから、タイラの態度も言葉も、信じられなかった。

タイラのことが理解できないから自分から関係を絶とうと思った。運命から逃げられるわけがないのに、物理的な距離を置くことしか方法を思いつかなかった。不安。焦燥。苛立ち。いろんな感情に突き動かされるまま凶獣に八つ当たりした。一振りで凶獣が死ぬたびに自分は化け物なのだと思い知らされた。どうしようもない自分と、どうすることもできない現状に絶望した。自分の末路など、とっくに受け入れたと思っていたのに……。

タイラはレイを探して、迎えに来てくれた。獣に堕ちつつある特殊殲滅部隊の強いレイも、自分を偽っていないと迫り来る変化に耐えられない弱いレイも受け入れてくれた。

きっと、全部タイラが、特別な存在だから――。

眩《まぶ》しさでレイは目を覚ました。窓から差し込む朝日で埃が光っている。誰かに見られるのを恐れて部屋のカーテンはいつも閉めきっていた。この部屋に日の光が入るのはいつぶりだろうか。

窓際に人影があった。タイラだ。彼が閉じていた部屋に光を入れたのだ。

タイラの背中には自分が昨夜つけた爪跡が残っていた。日の眩しさに目を眇《すが》めながらその背中を見ていると、タイラが振り返って優しく微笑んだ。

「レイ、起きたんですか」

何度も体は重ねてきたはずなのに、なぜか居心地が悪くて目を逸らした。レイの体は後始末されていたものの、肌には昨夜の情交の跡が残っている。

「体は大丈夫ですか？」

タイラの顔を真っ直ぐ見られない。「平気だ」と答えた口調が投げやりになる。

「お前こそ平気なのか」と聞きたいが、聞くのが怖い。化け物を抱いて、一晩経って冷静になり、後悔していないのかと……。

躊躇《ためら》っているうちに、タイラがレイの手を取った。びくりとレイの体が跳ねる。

「レイ、話があります。聞いてください」

タイラの表情は真剣だった。鼻の奥がつんとし、レイは唇を噛んだ。やはりこれ以上一緒にはいられないという話なのか。聞いてはいけないと頭の片隅で警鐘《けいしょう》が鳴りつつも言葉が出てこない。

タイラは前のめりになって、口を開いた。

「俺の恋人になってください。レイを守りたいんです」

なに、恋人……？　予想外の言葉に頭が追いつかない。遅れてその意味を理解した途端《とたん》、レイの体はかっと熱くなり、胸の鼓動は速まった。

恋人なんていたことはない。だから、どうしていいかわからない。だけど、これからもタイラと一緒にいていいという意味ならば。

タイラが隣にいる、一緒のテーブルでご飯を食べる、二人で街に絵本を買いに行く――。想像して、繋いだ手を見て、すぐにレイの熱は冷めていった。

馬鹿だ。未来なんて望めない。住む世界も違うというのに。

この化け物の俺に恋人だなんて……。

レイはタイラの手を振り払った。ぷっと噴き出すと、あははと腹を抱えて笑った。笑わずにはいられなかった。滑稽《こっけい》だ。少しでもありえない想像をしてしまった自分が。

むなしく響く笑い声に、タイラがむっと眉を寄せた。

「俺は本気です。本気でレイのことを愛しているんです。貴方の特別になりたいんです」

「なに言ってんだ。俺と、お前が、恋人？　まだ寝ぼけてんのか、馬鹿じゃねえの？」

タイラはよほどレイの反応が意外だったのか、首を振った。

「そんな……俺は本気で――」

「お前を殺すぞ」

「え」

「いつかこの鋭い爪で切り裂くぞ。興奮に我を忘れるかもしれねえし、それこそなにかの拍子とか、気にくわねえことがあったら引っかけば一発だろうしな」

「俺はレイに殺されるほど、弱くないつもりです」

「言うなあ。ま、タイラを選んだのは、俺に襲われてもただで死ななそうだったからってのもあるからな。実際、俺がつけた傷しか残ってねえわけだし、俺の見る目も間違ってなかったわけだ」

レイは笑いながら喋《しゃべ》った。自分でも呆《あき》れるほど下手な芝居だった。

「……死なそうだったからって言いましたけど、他にもあるんですか」

「ああ、たくさんあるぞ。お前ももう気づいてると思うけど、ハンドラーの一番の役目はハウンドの性欲処理だ。だから任務だと割り切って遂行する冷めた奴がよかった。嫌悪感を持たれるのも困るし、万が一執着されるのも嫌だ。深入りしてくるハンドラーはいらねえんだよ」

まくし立てると、タイラが一瞬、傷ついた顔をした。レイも喋り始めてから胸が痛かった。ひとつ言葉を発するたびに、刀で何度も心臓を突き刺されたような気分だった。

タイラと過ごす他愛のない日々が大切だった。空虚な化け物の巣の中に増えていくタイラとの思い出――。いくら荒れても、物に当たっても、それだけは壊さなかった。絵本もシャツも、おそろいのカップも、側にあれば落ち着いて眠ることができた。人としての心を保っていられた。

タイラに投げつけている言葉は本心なのだろうか……。いや、真偽など関係ない。今話している言葉が、化け物の本心でなければならないのだ。

「本心では、ないでしょう?」

心を読んだかのようなタイラの言葉に、レイは頬を引きつらせた。

顔を上げたタイラはもう傷ついた様子などなく、光の宿った瞳で真っ直ぐにレイを見ていた。

「レイと過ごした時間はまだ短いです。でも俺は、レイのことを考えてきましたし、レイだけを見てきました。下手な嘘なら見破れますよ」

ぐっ、とレイは言葉に詰まった。俺は馬鹿か、咄嗟に取り繕う言葉も出てこない。

「こうやって、本当の姿を見せてくれた。俺はそれが心から愛おしく思うんです。レイと出会ったときから、深入りならとっくにしています。今更冷めるなんて無理です」

再びタイラはレイの手を取った。タイラの手は熱く、レイは焦《あせ》った。

「な、なに言ってんだ。本心に決まってるだろ。これ以上、俺に深入りするならお前はいらねえ。殺さねえから地下に帰って他のモグラと仲良くしてろっ」

タイラが理解できなかった。ひどい言葉でどんなに遠ざけようとしても近づいてくる。こんな化け物から離れたほうが絶対に幸せになれるのに。逃げようと思っても、手を掴まれているから動くこともできない。

「ハンドラーを辞めさせるぞ。それぐらいの権限も、方法だっていくらでもある」

タイラはハンドラーという立場に執着していた。それを奪うと脅せば引いてくれると思ったが、タイラはさらにレイとの距離を詰めた。

「また一から探すのですか。次のハンドラーがいい人だとは限りませんよ」

タイラとは別のハンドラーになっても、任務上は困らない。だが過去のハンドラーたちの、レイを見る目を思い出す。恐れ、罵倒《ばとう》し、嘆き、殺意を向けるような目。

「レイの初めての言葉は反芻しています。レイは俺に、『相棒になれ』と言いました。ハンドラーではない、相棒に。――レイは、対等な関係を望んだんですよね？」

図星を指され、口ごもった。タイラは続ける。

「レイが心から俺とバディを解消したいと願うなら、俺はそれを受け入れます。でも今まで通り、食事を作って絵本を読んで字を教えて貴方を抱く、恋人になりますから」

「なれるわけねえだろ。だからっ、俺がお前を選んだのは、俺の中に踏み込まない奴がよかったからだ。冷めた奴なんだよ。お前だって化け物と一緒にいていいわけがない。気味が悪いし、人間じゃない。理性がなくなって、いつか本当にお前を噛み殺すかもしれねえ」

レイは、タイラと恋人になれない理由を上げた。言いながら喉の奥が痛くなった。

わかりきったことだろう。タイラとは一生、恋人になんかなれない。

「これ以上踏み込まれたくない。化け物だと実感されて拒絶されたくない。お前だって周りからも変な目で見られるぞ。そもそも俺は街に行けねえんだ。普通の恋人なんて無理だろうが。他にもまだある、ほら、駄目なことばっかりじゃねえか。お前は不幸になる。だから、だから……」

尻窄みになって、やがて言葉がなくなるとレイはタイラの様子を窺った。タイラは静かに聞いていて、レイと目が合うと、優しく微笑んだ。

「冷めた俺を望んだのはバディに選んだ理由で、恋人になるのを断わる理由ではありません。それに、俺のことを思ってくれた理由は、レイが告白を断る理由にはなりません。俺はその程度のことで気持ちは揺るぎませんし、レイと恋人になれることが不幸だとは思えないので」

「っ、今の理由で十分だろ。他にもある。そもそも俺はもう人間じゃねえんだ。お前の背中を傷つけたのだってそうだ。ほら、こんな手！　一緒にいてもタイラを傷つけるだけなんだよっ」

レイは必死に叫び続けた。

「このままどんどん獣になって、俺はいつか俺じゃなくなる。自我もなくなって、お前のことも、お前と過ごした日々も全部忘れちまって、お前を殺しちまうかもしれねえだろ！　俺といたって幸せな未来なんかねえんだよ！」

　いくつも出てくる決定的な理由に、レイの心は砕けそうだった。これでタイラはいなくなる。そうなるように言っているはずなのに、ずっと痛くて苦しくて仕方がない。

　耐えろ。今だけ耐えれば、タイラを傷つけなくて済むから。優しく手を差し伸べてくれたタイラを不幸にしないから……。

　しかしタイラの表情は、いくら言葉をぶつけても変わらなかった。

「やっぱり問題ありませんね。今までレイが話した理由の中に、『タイラが嫌いだから』という理由がありませんでしたから」

「――ッ！　き、嫌いだ！　ずかずか無神経に踏み込んでくるタイラがっ、なに考えてるかわからねえタイラが嫌いだって言ってんだよ！」

「なら、これから好きになってもらえるよう努力します。未来なんて誰にもわからないでしょう。レイがずっと隣にいる未来を思っていたいんです。だから、俺の恋人になってください」

「…………」

　なにを言っても勝てる気がしなかった。どんなに態度で拒絶しても、ひどい言葉を投げつけても、簡単に躱《かわ》してすり抜けてくる。否定し続けても、この不毛な問答は終わらない。

　ならば、タイラの言う通りにするしかないのか……？

　投げつける言葉がなくなると、しばし呆然とし、レイは乱暴に頭をかいた。

「ああ、くそ、わかったよ。だったら今から俺たちは恋人だ！　これで満足か！」

言い寄られて根負けして、だったら受け入れれば満足なんだろう、とやけになったように自然とレイの口から言葉が出た。

でもこれでタイラが恋人になったのか、自分だけの特別な存在に——。それがすごく自分が手にしてはいけないものに思えた。レイはすぐに取り消そうと思って口を開きかけたが、タイラの表情を見て、なにも言えなくなってしまった。

「はい！　ありがとうございます。これからもよろしくお願いします」

タイラはぱっと顔を輝かせると、レイを抱き締めた。タイラの体温が温かかった。黒い毛を通して触れ合う肌から、タイラの少し速い鼓動が伝わってくる。

間違えたんだ……。ぐっと、レイは胸の奥を握りつぶされたように感じた。受け入れるべきではなかった。こんなにも未来を期待されるなら、軽々しく口にすべきではなかったかもしれない。

「レイ、愛しています」

返事は声にならなかった。ただ、愛の言葉を聞いても、心の痛みがなくなることはなかった。痛みを堪《こら》え、なんとかレイは声を絞り出した。

「……俺には、恋とか愛とか、そんなものわからねえよ。ましてや、恋人なんか……」

「その相手のことを誰よりも特別だと思うなら恋人ですよ。その相手に抱き締めて欲しいとか。一緒にいたいとか。幸せな未来を望むことはないですか？　俺はレイにずっとそう思っています。いつか俺にも、そんなことを思ってくれると嬉しいです」

「……幸せな未来、か……」

本当はずっと、心がバラバラになりそうなこの痛みに触れて欲しかったのだろうか。触れられれば触れられただけ、痛いに決まっているのに。それでもタイラに踏み込んで欲しかったのか。散々拒絶しつつも結局は勢いで了承した告白も、心の奥ではずっと、タイラの特別になれることを望んでいたのではないか。いくら自問しても答えが出ることはなかった。

俺の手は狼の手だから……。

抱き締めてくるタイラの背中に、レイはずっと腕を回せないままだった。

◇

森の中を進みながら、レイは舌打ちして傍《かたわ》らの枝を切り落とした。

恋人同士になったからといって、新たな力に目覚めるわけでもない。

ハンドサインで指示を出すタイラも傷だらけだった。強化薬を使わずにふたりで凶獣を殺すなんて無理だ。ブラウンの瞳でタイラを見る。体力的にもう限界だろう。こんなところで、タイラを死なせたくない。

レイは指示に従ったふりをしてタイラから離れると、内ポケットから取り出した薬を使った。すぐに体が熱くなり、全身が軋《きし》む音がする。頭に血が上って衝動が湧き上がると、見えないなにかに操られるように草むらから飛び出した。タイラがなにか言った気がしたが無視した。

恋人。自分とは一生縁のない存在だと思っていた。ましてや凶獣の姿に堕ちるこの体では。だから恋人だと言われても、なにをすればいいかわからない。自分がなにをしたいのかも。どんな未来を望んでいるのかさえも——。

迫り来る凶獣が腹立たしかった。タイラの作戦や連携も全て無視した。凶獣と戦っている時間すら惜しい。目の前に立ち塞がる凶獣が邪魔だった。

迷いや感情を断ち切るように、無理矢理体を捻《ひね》ると、レイは目の前の凶獣を斬り倒した。動かなくなった凶獣を何度も突き刺していると、タイラが追いついてきた。

「レイ！　薬は使わずに戦おうと話しましたよね。無茶な戦闘は避けてください、怪我をしますよ。俺はバディなんですから、もっと頼ってください」

「うるせえ、指図するな。そうやって薬使わずにちんたらやってるからボロボロなんじゃねえか。今までは薬漬けの体が強くて格好いいって憧れてたんじゃないのか。無傷で倒したんだからそれでいいだろ。それに怪我したところですぐ治るんだからな。俺は化け物だから」

「もう以前とは状況が違います。俺はレイの事情を知ったんです。それに、恋人が無茶をするのを心配するのは当たり前じゃないですか」

「……チッ、知らねえよ。そんなこと」

レイは初めての現状に混乱し、自暴自棄《じぼうじき》になっていた。生きながらえ、タイラと恋人同士になったからといって、ふたりで生きていけるわけではない。未来のことなど考えたくなかった。

それよりも、さっそく強化薬の副作用が現れた体が燃え上がるように熱くて仕方がなかった。

湧き上がる興奮——何度抑えようと思っても堪えきれなかった衝動が気を逸《はや》らせた。

レイは息を乱し、タイラに体をすり寄せた。

「タイラ、説教はもういらねえ……早く、抱いてくれよ」

体が熱い。タイラの熱が欲しくてたまらなかった。

昔はハンドラーを求めてしまうのが嫌で仕方がなかった。男に抱かれるなんて嫌だったのに体は求めて女よりもよがる。我に返ったときにそんな自分に嫌悪感を抱いた。その感情が、今は変化していることにレイ自身も気づいていた。

タイラだけだ——。タイラ以外をあてがわれたら、絶対に拒絶する。

興奮を収めるためだけではない。体はハンドラーではなくタイラを求めている。この忌々《いまいま》しい体を受け入れてくれた目の前の男に抱いて欲しい。

レイは自分から服を脱いだ。白日の下に、獣になりつつある白い肌が晒される。金の髪も黒い毛が増え、白い肌は漆黒の獣毛に塗りつぶされつつある。前に抱かれたときよりも、その範囲は確実に広がっていた。

だが、獣に堕ちていく化け物の体を、もう隠す必要はない。

この体を見ても、タイラは拒絶しない。殴ったり殺そうとしたりしない。

レイは全裸になると、そのまま地に手をついてタイラを誘った。四足歩行の獣のような姿だ。

なにも考えられないよう早く穿《うが》って欲しかった。

タイラは自分のジャケットを脱ぐと、「これを使ってください」とレイに渡した。

「な、なんだよ、やっぱり着たままやるほうが好きか？」

体を隠せということかと傷ついたレイだったが、そうではなかった。

「下に敷いてください。体が傷ついてしまいます」

「なに言ってんだ今更。散々こうやってきたろ」

「今も昔も、本当は家のベッドでレイを抱きたい。傷つけないように優しくしたかったんです。でも少しでもここで発散しておかないと副作用が辛いでしょう？　以前のような無茶はさせられません。俺に摑まってください」

タイラは自分のジャケットを下に敷くと、腰を下ろし、その上にレイを座らせた。腰に腕を回され、真正面から抱き合う体勢は、シャツ越しにタイラの体温と匂いが伝わってきて狼狽えた。

「すぐに楽にしますから」と囁かれる。優しい声音と体温が急に怖くなって、レイはもがいた。

「んなこと……っ、必要ない。今まで通りやればいいだろ」

「今までとは違います。恋人なんです。もっと大切にさせてください」

タイラはレイの反論を塞ぐようにキスをした。タイラの唇の感触だけでぞくりと快感が背筋を這い上がり、達しそうなほど気持ちがよかった。以前の副作用の比ではない。この発情は副作用のせいだけではないのだろう。

タイラはレイの首筋から胸に唇を落とした。丁寧な愛撫だったが、全身が性感帯になったかのような状態の今、レイにとって拷問に等しかった。タイラが触れるたびにびくびくと体を震わせ、もどかしさと気恥ずかしさに身じろぎする。

「ん、ぁんっ……タイラ、っ、頼む、ちゃんとしてくれ……」

レイがねだってようやく、全身にキスをしていたタイラはレイの萎《な》えた性器に手を伸ばした。勃起しないそこを揉みながら、止めどなく溢れる蜜を纏わせた指を後孔に挿入し、奥へと塗り込めていく。すぐに襞は蕩け、タイラを受け入れる形へ変わった。ぐちゃぐちゃと立つ水音と萎えた性器は、本当にタイラの女になったように思える。

一気に貫いて欲しい。タイラの指を締めつける肉洞を突いて壊して欲しい。だがタイラは執拗にほぐし続けた。快楽の波が溢れるぎりぎりまで高められるだけで、決定的な快感が得られるまで悶《もだ》えるしかない。内奥は太くて熱い雄を求め、貪婪《どんらん》にうごめいている。声を上げながらぐったりとタイラの肩に頭を預け、体を震わせた。

「ひ、くっ……んぅ……あ、タイラ、や……もっとひどく、無茶苦茶に突いてくれ……」

「辛いですか？　もう少し我慢してください。まだほぐさないと」

「いらない、早く……早くやれよ。頼むから、欲しい……タイラの……」

レイはタイラの中心を手の甲で擦った。すでにタイラの男根も窮屈《きゅうくつ》そうにズボンを押し上げている。筋の通った屹立を想像しただけで脳が蕩けそうだ。

ようやくタイラが指を引き抜き、張り詰めた男根を取り出すと、熟《う》れたレイの秘所に挿入した。待ち望んだ圧迫感に性器は蜜を噴き出したが、レイが求める暴力的なピストンは訪れなかった。勢いのまま抽挿を繰り返すのではなく、ゆっくりと秘所を押し開いていく。じわじわとレイの快楽点を責めていった。

「あ、あっ、ああ――、あっ……ん、こんな、違っ」

目の前で爆《は》ぜ続けるような快感はない、体の奥から湧き上がるような愉悦だった。指先までじんわりと痺れるような感覚は初めてだ。でもこれでは足りない。犯されなきゃ発情は収まらない。レイは自らも腰を振ろうとしたが、タイラに腰を摑まれ、動きを封じられた。

「離せ、こんなの……性欲発散のためじゃねえか。さっさとやって、終わらせればいいだろ……」

「それでも俺は、これ以上レイにひどくするなんてできません。愛しているんです」

優しい声で言って、タイラは何度も牙ののぞくレイの口を唇で塞いだ。

「レイ、自分を傷つけるような真似はしないでください」

タイラは今までよりも優しく触れてきた。傷つけないように、本当の恋人同士のように――。

恋人なんて、口だけの関係じゃないのか。ぬるま湯の中を漂うような関係を恋人だというなら、幸せな未来なんて訪れない俺には残酷すぎる。ぬるま湯の底は沼だ。心地よくて、沈んでいるのにも気づかない。気づいてもがいても、すでに抜け出せず、もがくだけ沈んでいく。

『ひどくして』と言ったのに、タイラは今までよりも優しくレイを抱いた。……怖い。タイラの温もりに、喜びよりも恐怖を覚えた。自分はいつか獣になる。タイラのこともわからなくなって、いつか必ず別れのときが来る。自分の手で壊してしまうかもしれない。いずれなくなってしまうこの優しい温もりを知ってしまうことが、ただ怖かった。

「ハンドラーだろ、俺の、飼い主……。凶獣を狩る犬の手綱《たづな》を引いて、発情の後始末するだけの」

「ハンドラーではありません。今の俺は、レイの恋人です」

タイラは出会った頃よりも優しくなって、微笑むようになった。そんなタイラなど望んでいなかったはずなのに、それを心地がいいと思う自分がいて、同時に怖く思う自分もいる。

初めてできた特別な存在が嬉しくも不安で、タイラに嫌われていっそ早く捨てて欲しいという気持ちと、全部受け入れて欲しいという、相反する気持ちに揺らいだ。

タイラはレイを抱き締めるように抱えたまま、優しく中をかき回した。タイラの熱塊《ねっかい》で内壁を擦られるたびに、か弱い子猫のような声がレイの口から零れる。その声を求めるかのように、タイラは同じ場所を何度も攻めた。

「好きです、レイ、愛しています……」

タイラの甘い囁きに、レイの背筋はぞくりと震えた。

「ぁあ――、タイラ、あっ、あぁぁぁ――」

レイは全身を強張らせながら達した。目の前が白く明滅《めいめつ》し、心地よい浮遊感を覚える。今までよりも余韻が長く、脱力した体をタイラに預けた。最奥に熱いタイラの精液を感じながら、頭の中を支配していた発情の熱が引いていくようだった。その間にもタイラがレイの背中を撫で、何度もキスをした。まだ絶頂感の延長にいるようで、気持ちいい感覚が続いていく。

前は何度達しても足りなかったのに、一度注がれただけで満たされた心地だった。

性欲発散の任務は終わったというのに、タイラはレイを抱き締め続けた。突っぱねることができなかったのは、きっと戦闘後の疲労で力が入らなかったからだろう。

タイラの心音に混じって、レイは自分の中から骨の軋むような音を聞いた。また一歩凶獣に近づいた気がした。

タイラの想いも、自分の気持ちすら未だにわからない。

確かなのは、確実に、別れの時が近づいているということだけだった。

◆

タイラは街の中心へと向かい、地下都市へと続く門へやってきた。ここを通るのは特殊殲滅部隊への入隊を決めたときと、四之森《しのもり》を出ると決めたときだった。

タイラは身分証でもあるカードドキーを使って地下都市へ降りた。家出した身だというのにカードキーは問題なく使えた。まだ一族の人間だと思われているのか、使用権をなくす手間すら煩《わずら》わしいと思われているのか。今はどちらでもいい。好都合だ。

タイラの実家である四之森が経営する四之森薬品工業は、国内シェアトップの大企業だ。ならば凶獣化を治す薬が存在するかもしれない。意地やトラウマなど気にしている場合ではない。恋人のレイを助けるためなら――。

いや、恋人なんておこがましいか、とタイラはレイに『恋人になって欲しい』と告げた日のことを思い返していた。レイの気持ちも聞かずに、強引に言いくるめたようなものだ。

バディで、恋人。レイにとっては重みのないただの言葉だったとしても、タイラにはレイと新たな繋がりができたようで嬉しかった。いつかレイが本当に自分のことを好きになってくれて、その口から好きだと聞けたら……本当の意味で恋人になれたらいい。

そんな未来のためにもレイを救いたいが、強化薬Ａｄの使用を止めても、凶獣化に改善の余地はないようだった。もっと早くに来るべきだった。焦りがタイラの歩みを速めた。

白く無機質な街並みを迷いなく進み、タイラは絶縁状態だった四之森本邸へと帰ってきた。地下都市にもかかわらず広大な私有地には私設の研究所が併設されている。ここに用があった。

門を見つけるなり、タイラは正面から入ろうとしたが、守衛に止められた。スーツを着たタイラを上から下まで眺め、眉をひそめる。

「ここは四之森家本邸だ。関係者以外の立ち入りは禁じられている。訪問者があるとは聞いていない。裏門へ回らないなら使用人でもないな。部外者は即刻立ち去れ」

「俺はタイラ＝シノモリ。ここの人間だ。早く通せ。研究所の開発部顧問に用がある。俺の大叔父だ。連絡すればわかる。繋げ」

「タイラ？　聞いたことがない。開発部顧問は外出中だ」

「だったら兄でもいい。一族の誰かに、タイラが来たと伝えろ。カードキーもある」

「偽造か、窃盗の可能性もある。確認のためこちらに渡してもらおうか」

守衛との問答にやきもきする。勢いのまま無策で来たのがまずかったか。ここまでてこずるとは思わなかった。どうにか話をつけなければならないが、特殊殲滅部隊は国家機密事項だ。守衛に正直に来訪理由を明かすわけにはいかない。

「やはり渡せないか。……そこを動くな。屋敷に近づくなら警察を呼ぶぞ」

タイラは舌打ちしたいのを堪えた。これ以上は厳しいか。しかし引いたところで内部とコンタクトを取る手段はない。

焦れたタイラが強行突破を考えていると、そこに黒塗りの車が止まった。

「それはうちのだ。私が許可する。入れてやれ」

後部座席から窓を開けて顔を出したのは、メガネをかけた男だった。短髪を伸ばしっぱなしにしているタイラとは対称に、整髪料で几帳面《きちょうめん》に頭髪を整え、高級スーツに身を包んでいる。口元は優しく微笑んでいるが、黒い目に光はなく、笑っていない。

「しかし……」と、守衛は不安そうだったが。

「ならば私の客人ということで迎えよう。なにか問題が起きたら責任は私が取る。……お前も自分のキーを使って、万が一にでも他の一族に来訪を知られたくないだろう？」

四之森の者に言われれば守衛も従わざるを得ない。守衛から来客用のパスを受け取り、慣れた手つきで手続きをする様子を見て、ようやく守衛もタイラが四之森の関係者だとわかったようだ。

促されるまま車に乗り込む。動き出し、ようやくタイラは口を開いた。

「……お久しぶりです、兄さん」

メガネの男──ジョージは、タイラの記憶の中とさほど変わっていない。見た目ではなく、なにを考えているかわからない雰囲気が。

「随分《ずいぶん》と粗野になったな。まだ愚弟だと判別できて助かった。いつまで経っても帰ってこないから、凶獣に食い殺されたとばかり思っていたぞ」

「なんとか生き延びていますよ。兄さんも相変わらずお元気そうでなによりです。しかし家のほうはどうですか。市場ではソテル社に押されているみたいですが――」

「四之森から逃げたお前には関係ないことだ」

「……先ほどは助けてくださってありがとうございます」

「礼を言われるものでもない。積もる話もあるだろう。少し歩くが、私の研究所で腰を据えて話そうか。兄弟水入らずでな」

ジョージは運転手に指示を出し、しばらくして車を止めた。杖を取り出し歩き始めた兄の後ろを大人しくついていく。歩き方に違和感はなかった。タイラの視線に気づいたのか、ジョージが右の太腿をさすった。

「わからないものだろう。人工皮膚で見た目も変わらないぞ。見てみるか?」

「いえ、結構です」

「残念だ。皆同情してくれるのだがな」

吐き捨てるように笑って、ジョージは続けた。

「大叔父を訪ねてきたようだがここにはいない。昨年、大叔父から研究の一部を譲《ゆず》り受けてな、今では私がこの研究所の責任者になっている」

研究所に到着し、ジョージは鍵を開けた。病院を思わせる内観だが、大きなガラス窓の向こうに実験設備が見える。中は薄暗く、人は誰もいない。床を打ち鳴らす二人の足音だけが響いた。

「今日は会議で研究所は閉じていたんだ。別の研究所はつねに人がいるが、ここは必要なときにしか使わん。今は私の私用施設のようなものだ。ひとりで研究の続きをやろうと思っていたが、久々に帰省した弟をもてなさないわけにもいくまい」

一室に通されるなり、ジョージはスーツのジャケットを脱ぐと白衣に袖を通した。普段の格好のほうが落ち着くのだろう。書類や実験器具が目の前に置かれていると、自分がモルモットになったようにも思えて、息苦しさを感じる。

ジョージはコーヒーを入れてタイラの前に置いた。タイラは口をつけなかったが、ジョージは香りを堪能してから口に含んだ。タイラはかまわず話しかけた。

「大叔父に……いや、責任者である兄さんにお尋ねしたいことがあります。兄さんは――」

「まあ待て。久方ぶりの再会だ。自分の近況は話さないのか？」

「……面白い話はできません。家を出た後は嘘の身分で軍に入り、任務に明け暮れています」

「くく……自分の意思など持たん人形だと思っていたお前が、地上に出て兵士に身を落とすなど随分と馬鹿な真似をしたものだ。今では特殊殲滅部隊だろう。出世したじゃないか」

「！　なぜ兄さんがご存じなのです、特殲隊《とくせんたい》の存在は極秘のはずでしょう」

「ここをどこだと？　四之森だぞ」

それ以上の説明は不要だった。タイラは深く息を吐き、本題に入った。

「すでにご存じなら話は早い。手短に申し上げます。――特殊殲滅部隊員は、凶獣から作られた薬で強化されています」

ジョージの表情は変わらない。これも知っていたか、とタイラは続ける。

「身体能力を飛躍的に向上させ、感覚も獣並みに研ぎ澄まされる。特殊殲滅部隊ひとりで一小隊以上の戦闘力を有します。しかしその副作用として性的興奮や激しい倦怠感が表れます。進行すると、興奮が長引き、暴力性などが表れ――」

「体は末端から獣の姿に変わっていく」

「……どうして、それを……――ッ！」

思えば最初からおかしかった。特殊殲滅部隊の存在やタイラが所属したことを知っているのにはまだ理由がつく。だが特殊殲滅部隊員が薬で強化されているなど知るはずないのに。ましてや、強化薬Ａｄの効果までも――。

ひとつの可能性に思い至り、タイラの顔から血の気が引いた。……嘘だ。信じたくなかった。だが、それ以外には考えられなかった。

ジョージは自慢げに口角をつり上げた。

「我々四之森薬品工業が、その薬を開発製造しているからだ」

少し考えればわかることだ。国内トップの四之森薬品工業が強化薬Ａｄの製造に関わっていないと考えるほうが無理がある。レイを苦しめていたのが自分の一族なのだと、無意識に認めたくなかったのだろう。ジョージは変わらず、優雅な仕草《しぐさ》で促した。

「さあ、コーヒーを飲んでくれ。その話をしに来たのだろう？　話が少し長くなる」

ジョージは腕を組み、タイラを見た。口を付けるまでは話すつもりはないようだ。兄のペースなのが気に入らないが、タイラはブラックコーヒーで喉を湿らせた。思ったより緊張していたようだ。いろんな感情が湧き上がってきたが気を落ち着かせる。思考を放棄してはならない。

「……四之森が製造している？　どういうことですか」

「言葉の通りだ。私が知っている真実を全て話そう。はじめから順を追ってな。――実ははじめから人体強化の薬が開発されていたわけではない。国を守る力として、軍用犬の開発が求められた。兵器は駄目でも、犬なら大丈夫だと。はじめは強力な軍用犬製造のための強化薬だった」

タイラは悠長に昔話を聞いている余裕などなかったが、付き合わざるを得ない。

「軍用犬……地雷撤去など、人では危険な場所などに行かせるよう訓練されたものですね」

「我々が開発したのは命令に忠実なだけではなく、軍用犬の身体能力を高めるものだった。薬は完成したが欠点があった。薬にではない。所詮《しょせん》は畜生に投薬する。忠義はあれど、命令を完璧に遂行することはできなかった。暴走した犬どもが、兵士を殺した事件もある」

すでに不愉快な話だったが、タイラは無言で先を促した。

「だが、そこで問題が発生した。開発中の薬が外に流出したのだ。それを野生動物が摂取した。薬の効果と過剰摂取により、短期間で歪《いびつ》な進化を繰り返した獣は……やがて人類に害なす凶獣と呼ばれるようになった」

ガタリと、タイラは立ち上がった。

「凶獣を生み出したのは、四之森だとっ？」

「結果的にそうなっただけだ。奴らは爆発的に数を増やした。……そういえば近頃、兵士の間で噛まれた者が凶獣化するという問題が起こっているようだな。凶獣と人間間での感染はなかったはずだが、凶獣内の因子が変異したのかもな」

凶獣出現の謎は明らかになった。だがこれが特殊殲滅部隊とどう繋がるのか。

「凶獣の強さは理想だった。これが軍用に使えればどんなに素晴らしいか。だが凶獣を服従させる薬の開発は失敗に終わった。犬と同じ、所詮意思疎通できない化け物だ。意思疎通ができる──例えばこれが人間だったらと、我々は考えた。獣を人に近づけるにはどうすればいいか……」

「──っ、まさか……」

「くく、お前も同じ結論にたどり着くか。やはり発想は私に近いな。──そうだ、獣を人に近づけるのではない。人を獣に近づけた」

あまりにも非道な行いに、タイラは顎が軋むほど奥歯を噛み締め、唸った。

「……まともじゃないッ」

「戦争から生まれた発明品は多い。便利で平和な世の中は狂気から生まれるものだ。お前も体感していると思うが、強化薬Ａｄは凶獣殲滅に効果を発揮した。元は人間だ。従順だったぞ。その頃は凶獣の被害が甚大《じんだい》なものになっていたからな。軍事利用どころではない、早急に駆逐《くちく》する力が必要だった。凶獣を上回る力を手に入れた人間は、瞬く間に凶獣たちを狩っていった」

話し続けるジョージの黒い瞳に光が宿っていた。彼はやれやれと首を振った。

「人間ならば制御できると思ったんだが……駄目だな。凶獣の遺伝子情報を入れているからか、力を使うたびに凶獣に近くなって、戦闘後の発情も煩わしい。貧民街の兵士は多いが、成功例は極端に少なく、だんだんと理性を失う獣に墜ちる。今の特殲隊は失敗作だな。量産できて、最期まで命令に従順な獣をどう作るかが今後の課題だ」

ぱきりと、音がした。タイラは手でカップを割っていた。ジョージを睨みつける。

「……人ではないのは、お前たちのほうだ……っ、無理矢理、こんな実験をするなど――」

「無理矢理？　おい、推論でものを語るんじゃない。あれは望んでハウンドになった」

「嘘だ！　確かにやむを得ず自ら軍人になっただろう。だがハウンドになることを――望んで獣に身を堕とし、戦い続けるなんてありえない！」

少なくともタイラが見てきたレイは凶獣になることを望んでいなかった。自分の体に怯えていた。

「だから妄想をさも真実のように語るな。ここにはハウンドとの誓約書もある。見るか？　ハンドラーのお前ならわかると思うが、特殲隊はその特異性、専門性からも給与は高い。加えて様々な特典がある。彼らは恵まれた生活を送るため、自らＡｄを受け入れたのだ」

そんなわけがない。しかし、タイラの考えもレイを見た主観であり、ジョージの話を否定する証拠は持ち合わせていない。治療薬を探しに来たはずなのに、多くの真実を明かされ、タイラは混乱していた。言葉を無くしたタイラを見て、ジョージが笑った。

「ハウンドもお前も同じだ。生まれついて哀《かわいそう》れなお前らは、ただ大人しく命令を聞いていればいいんだ。化け物どもは私の足を食らった。可哀想なのはお前のほうだったのに皆が私を哀れんだ。片足がないからと！　私は薬を外に漏らした馬鹿を憎んでいる。凶獣を生み出した者を。だがその凶獣を殲滅するＡｄを、私は作り出せた！　私があのハウンドをつくったんだ！　私があの凶獣に勝ったんだ！　私の足を食らった化け物にな！」

一家が凶獣の襲撃にあったとき、ジョージは右足を食われていた。将来を有望視されていた兄は治療やリハビリで人生計画が狂った。五体満足であれば一族内での地位もまだ高かったはずだ。タイラが暗い現状を破壊してくれた凶獣の強さに憧れていたとき、ジョージは積み上げたものを一瞬で破壊した凶獣を自分の力で制御したいと考えたのだろう。そして、強化薬Ａｄの開発に携わった。息を整えたジョージは、にやりと笑みを浮かべ、タイラを見た。

「お前は、ハウンドの男が好きなんだろう？　凶獣と同じ化け物の男が」

「っ、違う！　レイは凶獣でも化け物でもない！」

咄嗟に否定したものの、『タイラが好きなのはハウンドである男だ』という台詞には反論できなかった。レイの強さに憧れ、レイの戦闘を間近で見てきた自分が、一番レイの特殊殲滅部隊としての強さを望んでいたのではないか。薬のことは知らなかった。だがなにも知らなかったでは済まされないのだ。

はじめからレイとは全くの無関係ではなかった。無自覚な言葉や行動ひとつがレイを傷つけていたのだと思うと、自分に対する怒りに震えた。

「……確かになにも知らなかった自分が許せません。しかし、俺の話と、Ａｄの話は別です。俺はレイを助けたい。そして知ったからには、レイを苦しめる四之森の悪行も止めます」

「悪行？　はっ、本当に悪行だと思うのか。ならばお前もあの獣に毒された大馬鹿者だな。強化薬が開発されなければ、今頃地上は凶獣たちの楽園になっていたんだぞ。Ａｄのおかげでお前たちは、下民のドブネズミどもは生きているんだ。我々の開発のおかげで」

「特殊殲滅部隊と今も命をかけて戦っている戦闘部隊のおかげだ！　薬のおかげじゃない、ましてや兄さんの功績では断じてありません。そもそも凶獣を生み出したのは四之森でしょう！　それを恩着せがましい口ぶりで……！」

話は平行線だ。タイラがこんなに長く兄と言葉を交わしたのは生まれて初めてだった。ジョージとは相容れず、説得の余地はないとわかっただけだ。タイラは要求だけを述べた。

「凶獣化を治す薬をいただけませんか。凶獣化の薬を開発していたのなら、治す薬もあるはずです。それに見合う金も払います。お願いします」

「渡さない」

「なぜですっ、一般兵士が凶獣化する事件も増えているのは兄さんもご存じでしょう。獣堕ちは放置していい問題ではないはずです。ハウンドひとりなくすのが惜しいと言うのですかっ？」

「違う。正確には渡せないんだ。存在しないものを渡せるわけがない」

「存在……しない……？」

予想外の言葉に、足下が崩れ落ちるような錯覚を覚えた。なんとか踏ん張り、言葉を紡《つむ》ぐ。

「ま……待ってくださいっ。Ａｄは危険性が明らかな劇薬でしょう。その毒を打ち消す手段が存在しないなんておかしいではありませんか！」

「治す必要がないからだ。ハウンドが凶獣に殺される確率は高いし、万一生き延びたとしても、薬を常用し、一度体が凶獣化し始めた人間は、いずれ凶獣に成り果てて死ぬ。人間に戻る必要がどこにある？　そんなものないだろう」

……嘘だ。ジョージの言葉は信じられなかった。頼みの綱が目の前で消えてしまった。なんとしてでもレイを助けたいのに。苦しんでいるレイを救わなければならないのに……。

「タイラ……」

と、ジョージは本当に仲のよい兄弟のように、優しく声をかけた。

「うちに戻ってこい。両親はお前を私と比べて出来損ないだと無視し続けてきたが、私はお前の実力を知っている。お前が私に追いつこうとずっと努力してきたのを見てきた。うちに戻って私の助手をしてくれ。それからＡｄの代わりに、もっと安全な薬を作ればいいだろう。家を出る前は薬学を学んでいたお前だ。少しは勉強がいるだろうが、すぐに遅れた分を取り戻せるはずだ」

「誰が……そんな真似をすると思いますか。他の安全な方法なんて興味ない。俺は、今のレイを助けられないなら、意味がないんです……」

レイから離れるつもりはなかった。それこそ新薬の開発など十年以上かかることが普通だ。そんなには待てない。あまりにも時間がなかった。

「対症療法でもかまいません。……お、お願い、します。レイを救えるならなんでもします。なにか他に方法や、それこそ薬の投与を止めるだけでも――」

ジョージはただ首を横に振った。焦りから、タイラは攻め手を変えた。

「こんな重要機密、一般兵士である俺に話していいのですか？」

「おぞましい真実を知れば、お前が目を覚まして化け物から離れると思ってな。どうせここに戻ってくるんだろう？　ならそのときに話そうが、今話そうが、お前の得る知識は同じだ」

「俺が外に機密を漏らすとは思わないのですか。明るみになればただでは済まないはずだ」

「私を脅しているつもりか？　話したところで荒唐無稽《こうとうむけい》な内容を誰が信じるというんだ。万が一信じる者がいたとして、その程度の与太話、四之森の力ならば揉み消すのは簡単だ。それにお前は飼い犬のことを思えば話せないはずだ」

「やってみなければわからないでしょう！　公表してやる！　そしてお前らを必ず――……っ」

突然、タイラの膝から力が抜けた。体が傾き、椅子に腰を落とす。視界が揺らぎ、目頭を押さえた。なにが起こった……？

「大分時間がかかったな。量の調整が難しい」

ジョージが笑みを浮かべながらタイラに近づいてくる。その間にもタイラは目眩《めまい》がし、体から力が抜けていく。ついには椅子からも崩れ落ちた。

「愚かだな。世間に公表したところで、お前の愛しい男が人間に戻るわけでもないだろうに……。ますますお前がこれほど感情を剝き出しにする男のことが気になる」

「レイに……近づくな……」

顔を近づけ、耳元で囁くジョージの白衣を摑むが、すでにタイラの意識は朦朧《もうろう》としていた。

「お前はお人好しすぎる。相手を出し抜くぐらいでなければ生きていけないぞ。四之森が本当に関わっていないとでも思ったのか。だとしたらとんだお人好しだな。私を疑いつつもコーヒーを飲んだろう。人から出されたものには口を付けるな……っと、そろそろ薬が効いてきたか。最近眠れていないだろう。安心しろ、ただの睡眠薬だ。強化薬じゃなくてよかったな……」

「く……そ……」

タイラは抗《あらが》ったが、やがて冷たい床に倒れ込んだ。


タイラは重い瞼を持ち上げると、自分が倒れるまでのいきさつを思い出し、飛び起きた。

「ッ、ぐっ！」

刺すような頭痛にこめかみを押さえながら周りを見た。見覚えがある。子供の頃に使っていたタイラの部屋だ。本邸にある寝室とは違う、勉強のための檻《おり》。あるのは机とベッド、あとは勉強用の本だけの殺風景な部屋だ。レイと初めて会ったときの部屋を思い出した。

体を起こす。机の上にカードキーと置き手紙が置いてあった。

『私の語った真実が信じられないなら好きに調べるといい。マスターキーを使えば研究所内ならどこでも入れる。私の言葉が真実だと証明されるだけだが、その決意があるのなら』

タイラは手紙を引き裂くと、キーを手に研究所内を回った。昔、何度も出入りしていたため、施設内の地図は頭に入っている。資料室から実験室まで全ての部屋を回り、それらしき資料には全て目を通した。

探し回ったが、タイラが新しく知った事実は少なかった。強化薬Ａｄ――Ａｒｍｙ ｄｏｇには即効性があり、投与すればすぐに効果が得られる。しかし薬への適合率は格段に低い。薬に適合できても、体は次第に凶獣になり、例外はない……。

調べれば調べるだけ、ジョージが話したことが真実だと裏付けるだけだった。

ぐしゃりと、タイラは資料を握りつぶした。今すぐレイを抱き締めたかった。

◆

家に帰り着いたタイラは沈んだ気持ちのままだった。鍵を差し込み、ドアノブを握ったところで、内側から開いた。

「タイラっ！　タイラ、馬鹿が、勝手にどこ行ってたんだ。もう、帰ってこねえかと……」

レイはタイラに飛びかかると、ぽこぽことタイラの胸を殴った。金色だった髪はほとんど漆黒に変わっていた。テーブルクロスは部屋の隅に丸められ、花瓶は床に転がり、軍服も装備も床に散乱している。当たり散らしたのだろう。

出かけると書き置きはしていたが、丸二日家を空けていたことになる。タイラは頭を下げた。

「無断で家を空けてしまってすみません。心配をかけてしまいましたね。帰ってくるに決まってるじゃないですか。ここは俺の家でもあるんですから」

「当たり前だろ、わかってんだよ、そんなこと。どこ行ってたか聞いてんだよ。ちゃんと説明しろ。この体じゃ探しにも行けねえし……。俺がどんだけ待ったと思ってんだ――」

瞳を潤ませ睨みつけるレイを、タイラはぎゅっと抱き締めた。

「わっ、お、おい、なんだよ、急に」

「レイ、特殲隊を辞めて、一緒に暮らしませんか」

「……は？」

「郊外のほうに家を借りましょう。給料は下がると思うので小さい家ですが、ここよりは広い家がいいですよね。俺は街の薬屋でも働けますし、力仕事でも重宝《ちょうほう》されるはずです。家事も全部俺がやります。俺が仕事に行っている間、レイはひとりで退屈でしょうから絵本をたくさん買ってきますよ。そうだ、レイも絵本を描いてみますか。字は書けるようになりましたけど絵はどうなんですか。まだ見たことはありませんが……恋人なんですから、一緒に——」

レイはタイラを突き放した。後ずさりするレイの口元は引きつっている。

「……あ、はは……なに言ってんだよ。無理に決まってんだろ。特殊殲滅部隊の規則忘れたか。凶獣を全部殺すか、俺たちが死ぬまで退役できねえんだぞ」

「俺は本気です。退役できないのなら、勝手に逃げればいい」

「仮に逃げられたとして、街で暮らせたとして……それでどうするんだよ。俺を監禁でもするか。はっ、檻の中で飼われる獣と一緒だな！」

レイは牙を剝き出しにして叫んだ。

「薬を使い続けてたら完全に化け物になるんだよ！　獣堕ちだ。お前も見ただろうが。俺がお前に正体がばれたときだ。ドッグタグをつけていた歪な化け物は、獣になっちまった元仲間なんだよ。戦い続ければ、いずれ俺もああなるんだ」

「だったらもう戦わないでください」

「戦わないで、この姿のまま生きろと？　どこで？　こんな化け物の姿を受け入れる変わり者の馬鹿なんてお前ぐらいだ。街を壊滅して人を殺しまくった敵と同じ姿をしてるんだぞ。こんな俺が普通の人間に受け入れられるわけないだろうが。これ以上薬を使わなかったところで意味ねえよ。獣になった体は治らない。それに今まで散々人間の限界を超えてんだよ。ボロボロの化け物の体で、長く生きられるわけねえだろうが」

わかっていた。全て自分で調べたことだ。しかし信じたくなかった。レイの口から聞くことが首を絞められたように苦しかった……。タイラは込み上げる感情を必死で堪えた。自分に泣きわめく権利などない。一番辛いのはレイなのだから。

「特殊殲滅部隊は使い捨てなんだよ。人間じゃねえ。死んだところで誰の良心も痛まねえさ」

笑うレイの目から光が消えていた。レイは諦めている。

だからといって、簡単に受け入れられるはずがなかった。

「……なら、俺がどうにかします。絶対にレイを助けてみせます」

「なに寝ぼけたこと言ってんだ。時間も方法もねえってわかってんだろうが。トンデモ展開の絵本のほうがまだ現実的に思える言葉だな。……どうでもいい。もう、死ぬとしても。死ぬのは怖くねえし、最初から諦めてる……それとも、お前が殺してくれんのか」

「嘘でしょう。長く生きられないとわかっていながらも、文字の勉強をしたり、作って欲しい料理を選んだりしたのは、レイも生きたいと思っているからじゃないんですか！」

「……ッ」

言葉に詰まったレイに、タイラは詰め寄った。

「元々軍人に志願したのだって、生きるためでしたよね。特殲隊を続けていたのも生きるために必死に抗っていたんじゃないんですか。俺はレイに生かされました。そしてレイと生きていきたいと思いました。レイは違うんですかっ」

薬を使わなければ、人間には戻れずとも、凶獣化が悪化することはない。だがこれ以上戦い続ければ、レイが完全に凶獣になって死んでしまう——そんな未来は認めない。

「もう戦わないでください。俺が必ずどうにかします。俺は、レイに生きて欲しい」

「意味わかんねえ。なんでお前がそんなに熱くなんだよ」

「貴方の恋人だから！　レイを愛しているから助けたいに決まっているでしょう！」

レイは目を見開き固まった。やがて顔をゆがませ、隠すように俯くと、小さく首を振った。

「……どうにかって……お前に、なにができんだよ……」

「……俺は、四之森の人間です。強化薬Ａｄの製造開発に携わっている四之森薬品工業の。俺がずっとレイを苦しめていたんですよね……すみません。本名を知ったとき、激昂《げっこう》したのも、四之森が原因だったんですね」

ぴくりと、レイが反応する。

「いなかった二日間、俺は絶縁状態だった実家に戻っていました。そこで、Ａｄのことを調べました。……レイが自ら望んでハウンドになったなんて嘘ですよね？」

調べていたとき、そこだけはわからなかった。誓約書へのサインはあったが、そこに至るまでの兵士の心情など書かれていなかったからだ。

顔を伏せたまま、レイは口を開いた。

「……兵士やってたある日、何人かが呼び出された。俺も入ってた。兵士の中に、話したことはねえけど顔見知りの奴がいた。貧民街でゴミを漁っていた奴だ」

レイの口調は淡々としていた。

「君たちは選ばれた、特殊任務だから成功すれば多額の給与と安定した生活を与えると言われた。俺たちが馬鹿だった。内容の説明はなかったが、報酬に目がくらんで誰も詳しく聞かなかった。全員、薬の実験体にされた。地獄だった。生き残ったのは俺だけだった」

「………………」

「身元がわからない、家族もいない貧民街の人間が集められたんだ。選択肢なんかなかった。俺はもう……特殊殲滅部隊になるしか、道がなかった……」

それをジョージは、薬の開発に携わった人間たちは、自ら望んでやったと言っているのか。選択肢など最悪のひとつしかない状態で、それを本人に選ばせたことを……。

タイラは怒鳴りたい衝動を堪えた。握った拳が震える。湧き上がる怒りをどこにもぶつけられなかった。怒りをぶつけたところで、レイが救われるわけでもなかった。

「……俺にはもう、これしかないんだ。この方法でしか生きられねえんだよっ」

悲痛なレイの叫びは、自分自身に言い聞かせているようだった。

「この体で！　死ぬまで戦うことが俺の存在意義になってんだよ！　他はなんもねえんだ。凶獣を殺すしかねえんだ。どこにも行けねえなら、全部ぶっ殺すしかねえだろ！　それをお前が否定するな！　恋人だからとか言って俺を否定する権利なんかねえんだよ！　ハウンドの俺を否定するんなら、今すぐ俺を殺せッ！」

涙の滲む瞳は、薬を使っていないのに、すでに黄色くなっていた。

その瞳を見つめ、タイラははっきりと告げた。

「それでも俺はレイの言葉を否定したい。俺は、この先もレイと生きたいんです」

「……お前が言ったことなんてな、俺がとっくの昔にずっと考えてきたことなんだよ。できもしねえくせに、簡単に逃げるとか助けるとか、言うんじゃねえよ……。俺には残酷すぎる、これ以上迷わせないでくれ……」

「レイ、俺は——」

そのとき、無線機がノイズを発した。『——両名に凶獣の殲滅を命じる。繰り返す——』

「……任務だ、行くぞ」

レイは近くにあった日本刀を取った。「待ってください！」とタイラはレイの肩を摑んだ。

「戦わないでください。俺がどうにかしますから」

「無理なこと言うんじゃねえよ。人間ひとりじゃ殺されるだけだ。この前も薬使わなきゃ無理だったろ……。特殲隊の任務は、死ぬまで凶獣を殲滅するだけだ。戦うなと言われたらもう……なんで生きてるかわからねえんだ」

レイは軍服の内ポケットから緑色のアンプルを取り出した。タイラが止める間もなく、レイは頸動脈《けいどうみゃく》に突き刺した。レイは痛みに顔をしかめていたが、やがて瞳の黄色はさらに濃くなり、にやりと牙を剝き出しにして、舌なめずりをした。もうさっきまでのレイはいなかった。

なんで俺はここにいる。なにがレイの恋人だ。

自分から恋人になりたいと言ったくせに、恋人がなにかわからない。他人に興味がなかったのだから当然だ。レイに恋人になって欲しいと頼んだのは、ただ一般的な定義で、わかりやすいカテゴリで、ふたりの繫がりを特別なものにしたかっただけだ。一番レイに踏み込めると思ったから恋人という言葉を選んだだけだ。

別に恋人じゃなくていい。触れて甘やかして優しくして、レイを幸せにしたかった。そういう権利を得たかった。

俺は、レイになにも与えられなかったのか……?

自分の存在はレイの生きる理由にならなかったのかと、タイラは無力な自分を憎んだ。

◇

任務から帰るなり、レイは部屋のベッドに倒れ込んだ。いつもは癒やされる場所なのに、今日は息苦しく感じた。部屋にある思い出の物が獣に堕ちていくレイを責めているように思えた。

ベッドの脇に置かれた蟬の絵本が目に入る。タイラが買ってきた新刊は蟬がクリスマスを楽しむ話だったが、レイはまだ見ていなかった。

「……なんだよ、めちゃくちゃだろ。蝉が冬まで生きられるわけねえじゃねえか」

馬鹿らしくて、乾いた笑いが零れた。

長く生きられないというのは、説明されなくてもわかっていた。

薬で強化され、人を超越した動きを続ければ、体が悲鳴を上げているのをいやでも感じる。

レイはタイラを怒鳴りつけたことを思い出し、ひどく後悔した。タイラは悪くない。俺のことを思って、「戦うな」と言っていることはわかっている。

俺だって本当は戦いたくない。戦うことしか生きる目的にできないだけで、戦いが好きなわけではない。獣堕ちは進行し、もはや戦闘時の記憶はなく、薬を使った直後もほとんど理性を失っていた。我に返ったとき、自分のしたことに気づいて、余計に怖くなった。

だが、これにすがるしかなかった。戦うことでしか生きられない。死ぬのも怖いから、いずれ来る死まで戦い続けるしか……そう思っていた。

レイは自分が震えていることに気づいた。ぎゅっと自分の腕を抱く手は、もう獣のものだった。

タイラはほとんど狼を抱いていたようなものだ。だがタイラはこの忌々しい姿すら、愛おしいと言った。そしてレイ自身も、受け入れられたことに喜びを感じている。

タイラは心の中の柔らかい部分に入り込んでくる。見て欲しくないところ、触れて欲しくないボロボロのところに手を伸ばし、何度も大丈夫だと優しく癒やしてくれる。それが心地いいと、手放しがたいと思ってしまう。

だが、それは間違いだった。喜びも愛しさも、抱いてはいけない感情だった。

もうすぐ俺は死ぬのだから……。心の準備はできていたはずだ。

そういう運命だと諦めていたのも、明るく傲慢に振る舞っていたのもそのためだ。現状に疑問を抱かないように、恐ろしい死を直視しないため。諦めて受け入れて、じっとそのときを待つためだったというのに――。

タイラの前では感情が乱れた。タイラの言葉に、死を受け入れていたはずの心が揺らいだ。

生への未練を残さないで欲しい。

「……イラ……タイラ、タイラ……」

レイの口から自然と彼の名前が零れていた。

『俺の恋人になってください。貴方を守りたいんです』

『貴方と出会ったときから、深入りなんてとっくにしています。今更冷めるなんて無理です』

『俺はその程度のことで気持ちは揺るぎませんし、レイと恋人になれることが不幸だとは思えないので』

『なら、これから好きになってもらえるよう努力します。未来なんて誰にもわからないでしょう。レイがずっと隣にいる未来を思っていたいんです』

タイラの告白の台詞が脳裏に蘇り、レイは口元をゆがめた。

「タイラ……俺は……――ッ！」

レイは激痛に歯を食いしばった。体はもうずっと焼けるように熱かった。発情ではない。筋肉が軋んで、骨が溶けるような感覚だった。体が凶獣に作り替えられているのだ。

いつか理性は完全になくなり、タイラとの思い出も忘れてしまう……。

シーツを被る。なにも見たくなかった。変わりゆく自分の体も、タイラの優しい微笑みも。

◆

タイラは盛りつけを終え、手を止めた。料理が完成したが、レイは部屋から出てこない。

戦闘後。凶獣を殲滅したレイの体は、もうほとんど凶獣に近い見た目だった。戦闘時の理性はなく、吠えながら凶獣に襲いかかっていた。マスクや手袋で体を隠さなくなったものの、再び部屋にこもるようになっている。

日の光も入らない部屋の中でまた壁を引き裂くのか、角を自分で折るのか。自分で自分を傷つけるのはどれほど痛いだろう。タイラはレイの部屋の扉をノックした。

「……レイ、起きていますか。食事を作ったのですが、一緒に食べませんか？」

返事がない。鍵はかかっていなかった。タイラはそっと部屋に入った。

荒れ果てた部屋の中、ベッドの上が膨らんでいた。レイはシーツにくるまっている。タイラはベッドに腰掛け、そっとレイに触れた。

「お腹すきませんか？　まだ眠たいのですか？　そういえば、蝉がクリスマスを過ごす絵本、新刊まだ読んでいませんよね。食事が終わったら一緒に読みましょう」

しばらくレイの反応を待ったがなにも返ってこない。

タイラが腰を浮かしかけたところで、小さな声が聞こえた。

「……——くない」

「レイ……？」

「……たくない、死にたくないんだ……」

レイの口から初めて聞いた、死を否定する言葉。死を受け入れているような態度も言葉も偽りだった。ずっと自分に、そうあるべきだと言い聞かせていたのかもしれない。

「嫌だ……。本当は……死にたくない。死ぬのが怖いんだ。もう苦しいのは嫌だ。嫌なのに……痛い、暗い、苦しい、怖い……怖えよ……タイラ……」

「大丈夫ですよ、大丈夫です……」

タイラはシーツの上から、震えるレイを優しく抱き締めた。噛み殺した嗚咽《おえつ》が聞こえる。レイの熱い体が、タイラの心を熱く燃やした。

レイを助けたい——それができるのは自分しかいない。シーツに隠れて泣くような世界にならないように。平和な絵本の世界のように、レイが楽しく笑顔で過ごせる世界に。

タイラは目を閉じて決意を新たにすると、レイの涙が止まるまで何度も励まし続けた。

◆

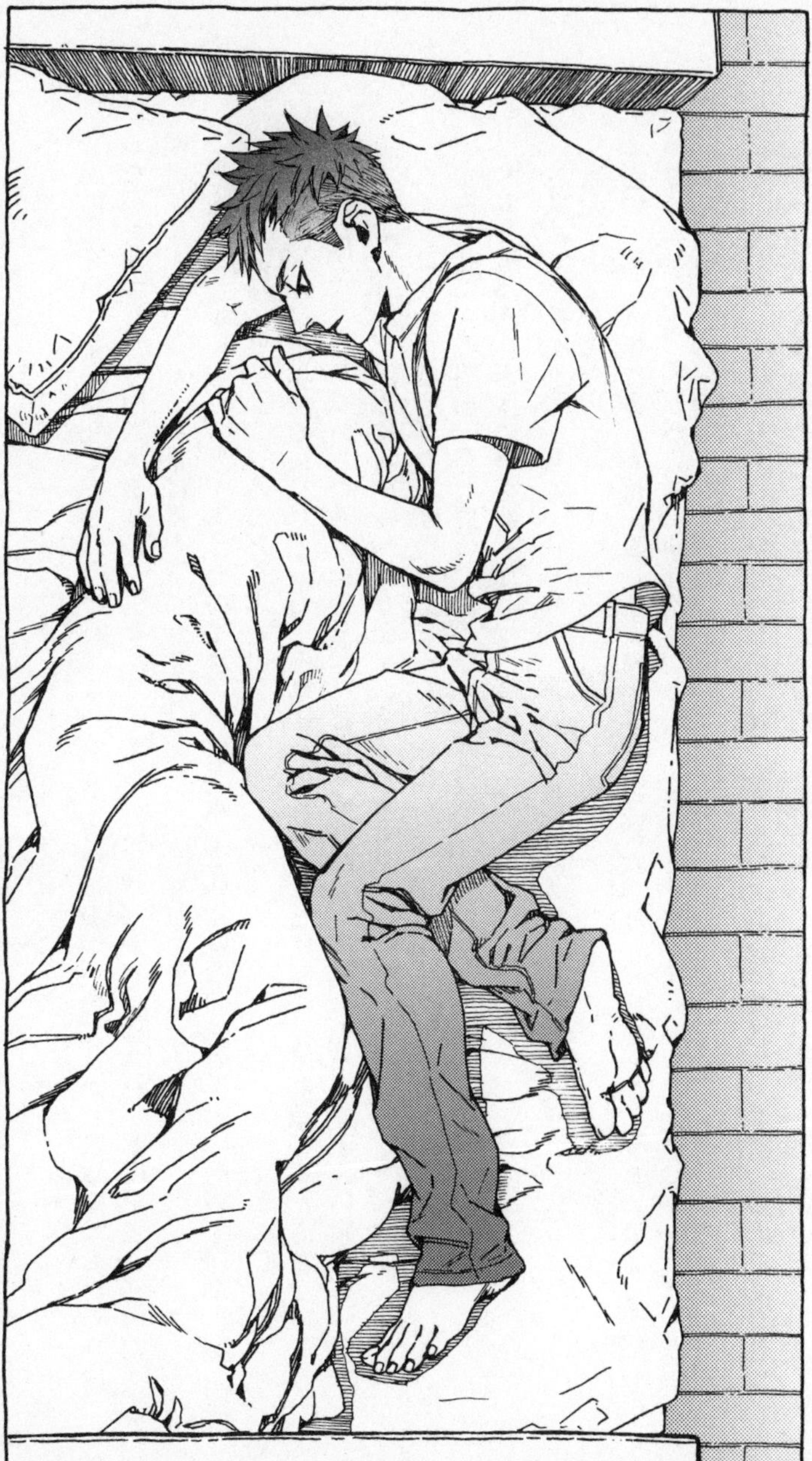

凶獣化を治す薬が存在しない以上、自分で作るしか方法はなかった。しかし策はなにも思いつかない。残された時間はあまりにも少なく、タイラには焦りばかりが募った。薬屋を巡り、街の図書館にも行ったが、成果は得られなかった。

考えながら歩いていると、タイラの足は、以前所属していた戦闘部隊の拠点に向いていた。ふと、同じ部隊にいたセージのことを思い出した。

また飲もう、と以前約束をしていた。あれからいろんなことが起こって約束は果たされないままだったが、どうしているだろうか。それに特殊殲滅部隊より凶獣との遭遇率が高い戦闘部隊のセージのほうが、凶獣に対する新たな発見があるかもしれない。

タイラは兵舎の前を通りがかった男に声をかけた。

「すみません、戦闘部隊第七班の、セージという男はいますか？」

すると男は怪訝《けげん》そうに眉を寄せた。

「なんだ、お前知らないのか。……ん？　ああ、補給部隊か。あいつは数日前に死んだよ」

「え……？　死んだ、って……」

「別に、珍しい死に方じゃねえよ。任務に出て、凶獣に食われて、体の一部と少しの遺品しか戻ってこなかった。もしかして、仲良かったのか？」

言葉を失ったタイラに、男はため息をつき、頭をかいた。

「……俺も含めてな、セージと親しくしてた奴は多かった。あいつは誰にでも話しかけてたからな。けど深い付き合いの奴はいなかった。身内もいねえらしいから形見分けしてもいいんだが、皆遺品を貰うのも気が引けてんだ。近いうちに破棄されるんじゃねえかな。お前、運がよかったな。まだあいつのもんは残ってるはずだ。会ってやってくれよ」

タイラは衝撃に半ば呆然としながら、霊安施設へと向かった。

漂う死臭に、懐かしさと、感じたことのないむなしさを覚えた。以前遺品整理をしたときは、死んだ兵士の持ち物などに、なんの感情も抱かなかったというのに。彼らは戦っていた。大切な人のために戦い、生きていた。遺品はその証《あかし》で、大切な人のもとへ帰れる唯一の手段なのだ。ようやくそのことに気づき、タイラは昔の自分を恥じた。タイラが射殺した彼も死にたくなかったはずだ。それでも自分の未来を悟り、大切な物だけをタイラに託した。想いだけでも大切な人のもとへ帰れるようにと……。タイラが殺したあの上等兵の妻は、無事に最期のメッセージと指輪を受け取れたのだろうか。

遺品整理の役目をしていた兵士に尋ね、セージの遺品がある場所に案内された。残っていたのはドッグタグと手帳だけ。体はすでに他の戦死者と一緒に焼かれて共同墓地に葬《ほうむ》られたそうだ。

タイラは使い込まれたセージの手帳をめくった。小さな字でびっしりと毎日欠かさず書き込まれた日誌は、セージのまめな性格を表していた。日々の気づき、凶獣や任務のこと、食事に対する不満や他の兵士との他愛のない会話まで。

タイラのことも書いてあった。

『もう少し他の仲間と仲良くして欲しい。どうにかしたい』

余計なお世話だ、と思わずタイラの口元が緩んだ。過ごした時間は僅かだった。それでも彼はタイラの初めての友人だった。もう少し彼と話したかったと今更ながら後悔が押し寄せる。

タイラと街で会って、飲みに行ったことも書いてあった。

『タイラは変わっていた。いい人に出会えたのだろうか』

自然と、レイのことが頭に浮かんでいた。そのときになって後悔しても遅いのだ。死んだ人間とはもう会えない。食事の感想を聞くことも、我が儘に振り回されることも、絵本を読むことも……。レイとはそんな関係で終わりたくない。

セージを懐かしみながらページをめくっていて、タイラはある一文に目を止めた。それは、ある任務での気づきを書いたものだった。

『湖の畔、珍しい青色の花を見た。小さな狼がその花を食べていた。この湖の周辺一帯には凶獣は見当たらなかった。珍しい』

この記述が引っかかった。森の奥に行くほど壁の影響はなく、人も足を踏み入れないため、自然と凶獣の数は増える。この湖の周りにだけ凶獣になっていない動物がいることは珍しいというだけではなく、なんらかの理由があるのではないだろうか。それに、青い花――。その花を食べるという行為がなんらかの理由で、凶獣化しないことと結びついているのなら……。

そこに、特効薬を作る手がかりが――レイを助けるヒントがあるのではないか。

セージは湖の場所まで記していた。森の西、奥の区画だ。

タイラは場所を覚えると、手帳を閉じた。セージに感謝し、霊安施設を出ようとしたときだった。兵士たちの悲鳴が聞こえ、続いて凶獣の咆哮がタイラの耳を突いた。ありえない。ここに凶獣が出るなど……。いや。

タイラは可能性に思い当たり、騒ぎのするほうへ走った。

逃げ惑う兵士たちと反対方向へ向かうと、目の前に黒い獣が現れた。天に向かって吠えると、鋭い牙を剝き、兵士たちに襲いかかっている。

「助けてくれぇ！　獣堕ちだ！」

怪我をした兵士が、運悪く獣堕ちしたのだろう。凶獣に比べれば小ぶりだ。まだ変化が始まって間もないからか、体は漆黒の毛に覆われつつも、腕や頭はまだ人の名残があった。

戦闘部隊ならこの程度の大きさの一体、訓練通り連携すればすぐに倒せる。しかし兵士たちは一度は銃口を向けるも、引き金を引くことはできなかった。仲間なのだ。獣堕ちが出現したというショックも相まって、誰もがそれを殺せなかった。しかし、凶獣は逃げ遅れた兵士を捕まえると、鋭い牙で嚙み砕いた。

タイラは静かに拳銃を構えた。凶獣と——レイの姿が重なっていた。

撃った。血を流し、地面を転がりながら苦しみ喘ぐ彼に何発も撃ち込む。

やがて辺りが静かになった。硝煙《しょうえん》と血の匂いに包まれる中、タイラは彼を見下ろした。レイに、こんな結末を迎えて欲しくない……。

辺りが静けさを取り戻し、遠巻きに見ていた兵士のひとりがタイラに近づいた。

「ありがとう。助かった。甘いと思われるだろうが、俺たちじゃ、あいつを殺せなかった……」

「礼を言われることではありません」

兵士は肉塊になった凶獣を見て、うなだれた。

「……最近、獣堕ちの兵士が増えた。昔はそんなことなかったんだが。負傷者を連れ帰るのも危険かもしれねえ。くそ……どうしたらいいんだ……」

タイラにできることはもうなかった。一度も振り返ることなく、兵舎を後にした。

◆

その日は出立の準備に費《つい》やした。レイは相変わらず自室に閉じこもっているが、食事は食べているようで安心する。しかし残された時間が僅かであるということには変わりない。

次の任務が言い渡されれば、薬を使ってしまえば、レイは完全に凶獣の姿へと変わってしまうかもしれない。その前になんとしてでも解決策を見つけなければ。

翌日。タイラは軍服を着て装備を身につけると、レイの部屋の扉に手を当てた。

——絶対に助けます。だからもう少しだけ辛抱していてください。

改めてレイに誓うと、タイラは出かけると書き置きを残し、家を出た。

運転手に車で行けるところまで連れていってもらい、タイラはひとりで森の中を進んだ。単独で深い区画に入るなど自殺行為だ。だがやるしかない。急ぎながらも慎重に、凶獣との戦闘は避けながら進む。

「ここか……青い花がある湖は」

視界が開け湖が現れた。畔は青色の花で縁取《ふちど》られている。

何度か黒い影にひやりとする場面はあったものの、目的の湖にたどり着いた。セージに感謝する。手記の通り、澄んだ湖に咲く青い花を、狼や虎など普通の動物たちが食べていた。遠くの草陰に潜んでいるとはいえ肉食動物の一頭ぐらいはタイラに気づきそうなものだが、こちらに見向きもせず花を食べている。奇妙な光景だったが、それほどまでに特別な花なのかもしれない。

襲ってこないなら都合がいいと、タイラは草陰から湖を観察した。湖の畔に凶獣の死体が何体か転がっているのに気づいた。兵士が捨てたのか、死期を悟った凶獣自身がこの湖にたどり着いたのかはわからないが、ここが彼らにとっての墓場らしい。死体から漏れた凶獣化の因子が水に溶け、それを吸い上げた花が、弱毒性のワクチンと同じ効果を持つ。それを動物が食べることによって、事前のワクチン接種ができているのかもしれない。

ただの推測に過ぎないが、他に手がかりも時間もない以上、この可能性にすがるしかなかった。

タイラは動物のいない場所へと回り込み青い花を摘《つ》んだ。湖の水もボトルに入れる。ようやく一歩前進だ。タイラは湖を離れた。あとは帰るだけだ。そしてレイを――。

気を緩めたときだった。ヴォアアア、と近くで咆哮が聞こえた。しまった……っ。顔を上げたところに、巨大なタイプ・ベアの凶獣がタイラを見つけて迫ってきていた。この花の匂いなのか、タイラに染みついた狼の匂いに引かれたのか、どちらにせよ時速五十キロで迫り来る巨体から逃れるすべなどなかった。

タイラは銃を構え、心臓を狙った。迫り来る黒い肉弾に、なんとか二発目で命中させるが、凶獣を激高させただけで、動きを鈍らせることすらできなかった。

「……くっ！」

凶獣が腕を振り回した。タイラは岩の後ろに身を隠し、何発か撃ち込むも無駄だった。凶獣は怯むことなく腕を振り回した。豪腕が岩を粉砕し、砕けた石がタイラを叩く。

タイラは戦闘を諦め逃げた。進むも退くもどちらも愚策、そもそもひとりで凶獣に立ち向かうこと自体が自殺に等しい。撃ちながら後退するも、進行方向に岩壁が迫っていた。凶獣が腕を振り被る。後ずさったタイラは木の根に足を取られ、すっころんだ。おかげで凶獣の攻撃を躱したが、引っかかった足が抜けない。凶獣がタイラに突進し、そのままのしかかってくる。

絶体絶命の中、一瞬で頭の中を駆け巡る記憶は、レイの姿で埋め尽くされていた。

一度はタイラの世界を壊してくれた凶獣に憧れた。だが今は、凶獣を生み出した四之森が、レイが戦わなければならない凶獣が、レイを救う未来の邪魔をする目の前の凶獣が——なによりも憎くてたまらなかった。

「——ッ、ここで死ぬわけにはいかないんだッ！」

牙を剝きながらのしかかる凶獣を、タイラはストックで殴った。怯んだ隙に抜いたサバイバルナイフを突き立てる。だが皮膚は硬く、刃先しか入らない。僅かに凶獣の動きを鈍らせただけだ。

タイラは顔をゆがめた。奇跡は起きない。凶獣が大口を開ける。ここで終わりなのか。愛する人さえ救えずに死ぬのか……。生臭い息と赤黒い喉を眼前に、それでもタイラは死を受け入れずにもがいた。

俺が絶対に助ける！　レイ——ッ。

そのときなにかが凶獣に飛びかかった。凶獣は咆哮を上げてのけぞり、タイラから離れた。なにが起こった。タイラは体を起こし凶獣を見た。巨大な体軀《たいく》にしがみついているのは角の生えた黒い狼だった。よく見ると、頭には角が生え、後ろ脚が発達した凶獣だった。

しかしタイラにはわかった。——あれは、レイだ。

レイは凶獣の喉元に嚙みついた。暴れた凶獣にレイが振り回される。

「やめてください！　レイッ！」

タイラは凶獣に銃口を向けた。絶対にレイに当てるな。動く凶獣に照準を微調整する。目を見開き、息を止めた。頭が焼き切れそうな集中力で、凶獣が止まって見えた。迷わずタイラは引き金を引いた。発砲音がして凶獣の左目が吹き飛んだ。大気を揺るがす咆哮を上げて凶獣がもんどり打つ。その隙にレイが凶獣の喉元を嚙みちぎった。血しぶきと共に、レイもその場に倒れた。

「レイっ——ぅぐッ！」

タイラは激痛を覚え、ようやく自分が怪我をしていると気づいた。右腕は血まみれで、左腕は折れてどす黒く膨れ上がっている。歩きにくいのは足を捻挫《ねんざ》しているからだろう。だが、そんなことはどうでもよかった。レイのもとへ行きたかった。

無理矢理体を動かしているうちに、影のように真っ黒なレイが、四足歩行で近づいてきた。軍服は着ているが、完全に凶獣の姿になっていた。ブラウンの瞳だけがレイを思わせた。

「レイ、どうしてここに……」

「馬鹿タイラッ！　俺の台詞だ。こんなに怪我して、ひとりで勝手になにやってんだ！」

狼の口から発せられるレイの声は、ガサガサしていて聞き取りづらかった。

「凶獣化を治す薬を探していたんです。手がかりがここにあると知って、ひとりで……」

「俺を行かせまいとしたんだろうが、ばればれだ。こそこそ準備してるし、なんかやる気だなと思って、匂いをたどってきたんだ。気づかなかったろ」

「そんな……あれほど、戦うなって言ったじゃないですか！」

「おい、助けてやったんだから先に礼を言えよ。それに、薬使ってねえから」

「ありがとうございます。助けてくださって、しかし……っ」

「いや、先に礼を言わなきゃなんねえのは俺のほうだな。俺を助けようとしてくれて、それでこんな危ない真似したんだろ。ありがとな、タイラ。それに……」

レイは言葉を切って続けた。

「……お前が危ないって思ったら、いても立ってもいられなかったから」

「レイ……」

「俺も、お前の言ってたこと、ちょっとはわかったかもしれねえ……」

薬は使っていないと言ったが、レイの瞳がだんだんと黄色く染まってきた。もう凶獣化の臨界点を超えているのだ。意識が混濁しているのか、「タイラ……」と名を呼ぶ声もか弱かった。言葉の合間に、唸り声が聞こえる。

「それが、俺を治す薬なのか？」

レイはタイラが持っていた青い花にマズルを寄せた。

「そうです、これを取りに来たんです。これがあればレイを助けられます、だから――」

レイは大きな口を開け、タイラの手から青い花を食べた。弱々しく咀嚼《そしゃく》し、ふっと笑う。

「治ったか？」

その声も、すぐに唸り声にかき消された。

「……これで、これで薬を作るんです。だからお願いします。もう少しだけ気をしっかり持っていてください。必ず、俺が必ずレイを助けますから！」

「俺にはもう、時間がねえ……タイラもわかってるだろ？　お前の怪我、医者に診《み》せてえけど無理だ。理性がもう……意識も、飛びそうだ……」

レイは力を振り絞ってタイラに手を伸ばした。漆黒の毛で覆われた、狼の手。

「頼みが、ある……怪我で痛えだろうけど、最期だから。頼む、まだ理性があるうちに……今すぐ俺を殺してくれ。タイラにしか頼めない。タイラに……殺して欲しい。俺は人の心があるうちに死にたい。まだお前の恋人でいる俺のまま……」

タイラの胸が引き裂かれるように痛んだ。レイに出会う前のことが蘇る。凶獣に囲まれた森の中。なんの躊躇もなく、相手に請われるままに殺した――。

「恋人らしいこと、してやれなくて悪かった……。俺、恋人とか全然わかんなくてさ。だから、全部終わったら……別の奴と、ちゃんとした恋人になって幸せになれよ……」

その男の姿が、一瞬、レイと重なって見えた。タイラは必死に首を振った。

「なあ……ずっと、言ってなかったけど、お前を選んだ決め手は……仲間を躊躇なく殺していたからだった。俺のことも、殺してくれるんじゃねえかって期待したんだ。自分じゃ死ぬのは怖えからさ、ずっとお前に殺してもらおうと……」

レイがあのとき助けてくれたのも、ハンドラーに選ばれたのも、運命ではなかった。全てはこのときのためだった。

「頼む、タイラ……。恋人だろ……？」

呟いたきり、レイは意識を失って、その場に倒れた。

「……なんで、こんなときだけ……恋人だなんて言うんですか……っ」

レイの望みだ。レイはずっと苦しんできた。獣に堕ちて死にたくはないから、誰かが終わらせてくれることを望んでいた。それが救いだと信じて。その相手はタイラがいいのだと……。

タイラが手を下せば今までの苦痛や絶望からもレイを解放できる。自分にしかできない救い――タイラは拳銃のグリップを握った。

『――……たくない、死にたくないんだ、タイラ』

突然頭の中に響いた声に、タイラは手を止めた。あの荒れ果てた狭い部屋の中、シーツにくるまったレイは、『死にたくない』と言った。助けは求めずとも、ただ、『死にたくない』と――。

……そうだ。なにを迷うことがある。俺が動いていたのは、レイを助けるためだろう。レイを幸せにするためだろう。これから先の未来を、レイと生きるためだ！

タイラは拳銃を投げ捨てた。早くレイを病院に運ばなければと手を伸ばしたが激痛が走った。

腕なんかちぎれてもいい。なんとかレイを持ち上げようとするが、怪我と骨折した腕、捻挫した足では力が入らなかった。痛みがひどくなるだけで、凶獣の姿となったレイを運べない。

助けたい。いや絶対に俺が助ける！　タイラは血に濡れた手で己の頬を叩いた。迷うな。諦めるな。レイを救う方法だけ考えろ。満身創痍《まんしんそうい》の自分が、自分より大きい姿となったレイを運べる方法を。どうする、どうする……。

目を瞑るレイ、毛に覆われた首とジャケットを見て……ぱっと、目の前が明るくなったように思えた。——これだ。この方法しかない。しかし同時に暗い未来をも示していた。あまりにも分が悪い危険な賭けだ。

だが、やらない理由はなかった。タイラは激痛に歯を食いしばりながらレイのジャケットの内ポケットを漁った。……見つけた。やはり緑色のアンプルが入っている。レイが頸動脈に刺していた、凶獣の力で自らの身体能力を向上させる強化薬Ａｄ。

ジョージの研究所で見た資料を思い出す。成功率は格段に低い。レイを救うどころか自分の身も危ない。しかし迷っている時間はなかった。これに全てを賭ける。

タイラは自分の首にアンプルを突き刺した。

「ぐっ！　——っ、があああああッ！」

目の前で火花が散った瞬間、突き刺した首から髪の毛の先まで、引き裂かれたかのような衝撃に襲われた。衝撃が苦痛に変わったが、叫ばずにはいられなかった。筋肉が軋む音と心臓の鼓動が脳を殴り続ける。肋骨《ろっこつ》の内側を引っかき回され、内臓をかき混ぜられるような不快感から吐き出したのは血だった。無理矢理思考を変えられるような焦燥感に襲われ、頭をかきむしる――。駄目だ、体内で暴れ回る獣に引きずられるな、意識を保て、絶対に失敗するな、大切な人の命が俺にかかっているんだ……っ。

「が、あ、ああ、ぅ……レ、イ、レイ……ぐっ、ううぅ……」

タイラはのたうち回りながら激痛に耐えた。レイのことだけを考えて必死に理性を保った。

……どのくらい経ったのか、やがて脈拍と呼吸が落ち着いてきた。

絶望の峠を過ぎれば、別人に生まれ変わったかのように体が軽かった。いや、本当に昔の自分とは違うのだ。賭けに勝った。湧き上がる万能感に自然とタイラの口角が上がった。

レイに近寄る。体の痛みはなく、重傷だった手足も治っていた。レイを抱えるが、重さを感じないほどだ。

「レイ、もう少し、我慢していてください」

タイラは語りかけ、レイを背負って歩き出した。

熱い。全身が脈打っている。全てをぶち壊したい衝動に駆られ、深く息を吐いた。木々の匂いが濃い。それに混じって凶獣の匂いが漂ってきたので居場所を避けて進むことができた。首や手に触れる枝が鬱陶しい。全身の毛穴が開いているかのように触覚が過敏になり、葉が少し触れただけで肌が粟立った。

レイの感じている世界はこんなにも濃く苦しいものだったのか。全然理解できていなかったことが悔しくて、タイラの視界が滲んだ。歯を食いしばり、首を振った。感傷に浸るときではない。

背中に背負うレイだけを感じるよう意識を向ける。

レイ、レイ……。絶対に助けます。待たせてばかりですみません。ずっと、レイにはなにもしてやれなかった。痛みも苦しみもなにも知らなかった。救うだなんておこがましいかもしれない。でも何度でも手を差し伸べさせて欲しいんです。素顔が見たいから。笑いかけて欲しいから。どんな我が儘も聞きたいと思うのはおかしいですか？　レイが側にいてくれるなら、俺はどんなことでもできると思ってしまうんです。レイに、幸せになって欲しいから……。

タイラの頭の中はレイで埋め尽くされていた。レイと過ごしたなにげない日々を思い返し、今まで以上に幸福なレイとの未来に思いを馳《は》せた。

戦闘はしていないためか性的興奮は抑えられている。それ以上に、恋人を助けることしか頭になかった。

◆

ようやくタイラは運転手のもとへたどり着いた。運転手はボロボロのタイラが凶獣を担《かつ》ぐ姿を見てもなにも言わなかった。彼もレイの行く末は察していたのかもしれない。ひとまず地下都市へ続く門まで運んで欲しいと頼むと、運転手は頷き、車を発進させた。

運転手にある頼み事をした後、タイラはジョージに連絡を取った。

「取引をしませんか、兄さん。俺たちを助けてください。その代わり、俺が兄さんを助けます」

ジョージが事前に手配していたためか、タイラたちを乗せた車は問題なく地下都市にたどり着くことができた。ジョージに指定されたのは、以前タイラが訪れた本邸の研究所ではない、病院が併設された研究施設だった。

ジョージは門の外で、タイラたちを出迎えた。

「兄を助けるなどと生きのいいことを言っていたが、随分とみすぼらしい姿だな、タイラ。予想はしていたがその化け物、本当に連れてくるとは思わなかった。献体でも持ってきてくれたのか……っ、タイラ、お前、もしや――」

投与された人間の反応は何度も見ているのだろう。目を合わせたジョージは、タイラがＡｄを使ったことを察したようだ。タイラは窓ガラスに映った自分の顔を見た。瞳の色だけが黄色に変わっている。

「……は、ははは、愚弟が、自ら使用するとは随分と血迷ったな。よく成功したものだ。相変わらず悪運だけはいいんだな。これでお前も化け物の仲間入りというわけか。滑稽だな。そんなにもこの化け物が気に入ったのか。お前も凶獣になりたかったのか？」

「ご託はいい、兄さん、俺と取引をしましょう」

「取引？　くく……化け物のお前になにができる？」

「強化薬Ａｄの研究に携わっている兄さんならおわかりかと思いますが、今は眠っている彼、目覚めて万が一嚙まれでもしたら、まずいのではありませんか？」

ジョージが考え込んだのは僅かな時間だった。すぐに所員に連絡し、ストレッチャーが運ばれてきた。所員がレイに手を伸ばしたとき、レイが意識を取り戻した。牙を剥き出しにして唸り声を上げる。拘束具を持っていた所員を角で突き上げ、マズルではね除けた。

「レイっ、落ち着いてください。彼らは敵ではありません。大丈夫です。俺を信じてください」

タイラが取り押さえ、何度か呼びかけると、レイは大人しくなった。レイの自我が微かに残っている。まだ完全に獣に堕ちたわけではない。鎮静剤を打たれて再び大人しくなると、タイラも側に寄り添い、研究所に入った。

研究所内のベッドにレイは拘束され、ゆっくりと麻酔をかけられた。タイラは注意深く見ていたが、毒を入れられた様子はなかった。ジョージも話を聞く気はあるようだ。

レイが見えるガラス張りの隣室で、ジョージと向き合う。この兄が最大の壁だった。ジョージがタイラの前にコーヒーを置いた。

「さあ、愚弟。取引の内容とやらを聞こうか」

「まずはもう一度伺います。凶獣へ変わるレイを、レイと同じ薬を使った俺を、治す方法は本当に存在しないのですか？」

「ないな。必要がないからだ」

「昔は対象がハウンドだけでした。しかし今は違う。凶獣に傷を負わされた人間が、凶獣化する現象が見られ始めた。負傷した全ての人が必ずしも獣堕ちするわけではない、しかしその割合は増加しています。……困るのは国ですね。ただでさえ無理な徴兵制を行っているというのに、任務のたびに獣堕ちが増えては兵士は足りなくなる一方。秘密裏に軍用犬の開発も命じられた四之森だ。今もまた、上から催促されているのではありませんか？　凶獣化を治す特効薬を」

「…………」

口を閉ざすジョージの目の下には、メガネ越しでもわかる隈《くま》ができていた。タイラの推測が現状からそう遠くないことを確信する。凶獣と化したレイを地下都市の研究所内に入れるという危険な選択をしたのも、なにかしら新薬開発への糸口が欲しかったのかもしれない。

ちょうどいい。ジョージは想定より追い詰められている。

「兄さん……」

と、タイラは本当に仲のよい兄弟のように、優しい声をかけた。

「俺に薬が作れると言ったら、どうしますか？」

「なにっ……は、四之森から逃げた挙句《あげく》、化け物に成り下がったお前に、なにができると――」

タイラは萎《しお》れた青い花と、ボトルに入った湖の水をテーブルの上に置いた。

「これはある場所で採取したものです。これを飲み食いしている動物がいました。この辺りにいる個体は、ほぼ凶獣化していなかった。単なる偶然かもしれません。ですが俺は、これが凶獣化を治療する手がかりになるのではないかと考えています。まだ推測に過ぎませんが、詳しく調査する価値はあるかと」

ジョージは顎に手を添え、しばらく目を伏せていた。

「なるほど。化け物の命がかかった状態で、お前が嘘をついているとも思えん。信憑性《しんぴょうせい》に欠けるが試してみてもいいだろう。タイラ、早くそれを渡せ。そしてその在処《ありか》を話せ」

「取引だと言ったはずです、兄さん」

「……条件は？　まあ、聞かなくてもわかるが。あの化け物を助けて欲しいのだろう？」

「話が早くて助かります。ではこの花と水の成分を解析し、凶獣化を治す薬を開発してください。その間、レイをコールドスリープします。母がコールドスリープしているから、ここには設備も技術もある。新薬の認可は待たなくていい。治験も俺に。完成次第、レイを目覚めさせ——」

「断る」

ジョージはタイラの言葉を遮り、首を振った。

「今、その切り札を私の前に出したのが間違いだったな。タイラ、先に私に契約書でも書かせるべきだった。あとは私が今見た花と湖の場所を探せばいいだけだろう。お前が湖の場所を知る手がかりも存在したはずだ。ここに、お前の味方はいないんだぞ」

タイラは周囲に視線を巡らせた。二人きりのガラス張りの部屋、外に会話は聞こえていないだろうが、所員の視線が突き刺さる。

「Ａｄの開発で人体実験をしていた証拠を暴露し、会社の信用を落としますよ」

「うちの名を忘れたのか？　四之森だぞ。そんなもの、すぐに揉み消せる」

「表面上はそうでしょう。しかし人々の記憶は消せない。一度その疑惑が表に出るだけでも、競合企業が台頭してきている今は痛手になるのではありませんか？　ただでさえ、困窮《こんきゅう》した国軍は支給薬を安価なものに替えたというのに」

「チッ……ソテル社か」

ばん、とタイラはテーブルを叩いた。

「断ればソテル社にこれを渡します。獣堕ちが問題視されていますし、ソテル社が特効薬の開発に成功すれば莫大《ばくだい》な利益を生むでしょう。国内市場はソテル社に独占されるでしょうね。有能な研究者がいることでしょうし、遠からず、凶獣が誕生した原因にもたどり着くかもしれません」

「タイラ、忘れたか。化け物は私が預かっているんだぞ」

「レイに手を出してみろ。容赦はしないッ」

カッとなり、強く睨みつけると、ジョージが後ずさりした。……落ち着け。ここで全てを台無しにするわけにはいかない。タイラは長く息を吐き、努めて冷静な口調で続けた。

「こちらの条件を呑まなければ、強化薬Ａｄに加え、青い花と湖の水もソテル社に渡しますよ。そうすれば四之森薬品工業は終わりだ。俺の身になにかあったときはソテル社に渡るように手配してあるので、無理に奪おうとは考えないでください」

運転手には事前に説明し、その三つを渡していた。彼ならばきっと約束を果たしてくれるだろう。怯んでいる兄に、タイラは畳みかけた。

「取引をしましょう、兄さん。特効薬が完成すれば莫大な利益を生む。それに四之森が凶獣を生み出したという事実も隠蔽《いんぺい》できるでしょう」

「……はっ、いいのか？　大罪人を取り逃がすし、みすみす真実をドブに捨てる真似だぞ。真実を明るみに出せば、お前は正義のヒーローになって、歴史に名を残せるというのに」

「四之森が没落したところで、さらに国が混乱するだけです。それに国の平和も正義のヒーローも、俺にとってはどうでもいい。レイが助かりさえすれば、四之森の悪行のひとつやふたつ、明るみに出す必要はない。もちろんレイにしたことは許さない、許されることじゃない。でもそれを断罪するのは、今の俺ではない」

レイを苦しめた四之森は憎いが、四之森の力に頼るしかないのも事実だった。今優先すべきは恨みを晴らすことではない、レイの命を救うこと――。そのためならば国を揺るがす四之森の真実など、永久に闇に葬り去ってもかまわなかった。

「……あのお人好しが、随分と言うじゃないか」

「タイラはお人好しだ、人を出し抜くぐらいでなければ生きていけない。そう教えてくれたのは兄さんですよね」

ジョージは片側の口角を上げ、右手を差し伸べた。

「その取引、応じるとしよう。のちの顚末《てんまつ》を考えると、化け物一匹匿《かくま》うほうが得になる。あれも、お前も、重要なサンプルなわけだしな」

タイラはジョージの手を取り、握手した。交渉成立だ。これでレイを助けられる。タイラは冷めたコーヒーを一気に飲み干した。ひとまず一番の難所はクリアしたと言えるだろう。

ガラスの向こう側にいるレイを見る。麻酔が効いているのか随分と大人しい。バイタルも安定している。

「タイラ、Ａdを使ったんだろ。まったく、ここまで愚かだとは思わなかった。副作用は？」

「現在は発汗や動悸など、軽い症状ですね。服用直後に骨折や切り傷が治った後は、時間が経過したためか、体力の向上は落ち着いてきたようです。副作用である性的興奮は戦闘をしていないからか見られません。あとは目の色の変化でしょうか。あくまで自己診断にはなりますが」

「あの犬から摂取した細胞が、なんらかの変化を起こしたのかもしれないな」

レイとの関係を示唆された台詞に、タイラは複雑な気持ちで口元をゆがめた。

「私からもひとつ条件がある。タイラ、前にも言ったが、家に戻ってこい。私の助手となり、新薬の開発に携わるんだ」

「……四之森から逃げた、出来損ないの俺が、ですか？」

「そう思っているのはお前と両親だけだ。世情を知って、研究を理解し、私に取引を持ちかけたことで、改めて私の助手にしたいと強く思った。それにAdに勝つ悪運も捨てがたい。実際にハウンドと関わっていたのはお前だけだからな。貴重な知識だ」

「俺たちは特殲隊です。簡単には除隊できないのでは？」

「お前は四之森だぞ？　それに特効薬を欲しているのは国だ。重要なサンプルを戦地に送り返すような真似はしないだろう。あのハウンドも戦える状態ではない。……さあ、どうするんだ。ここまでしたお前のことだ。大人しく指を咥えて新薬の完成を待てるわけがないだろう？」

ジョージは一拍置いて続けた。

「どうする。愛する化け物を救うために、ひどく憎んだ一族に戻ってくるか？」

「考えるまでもありません」

即答し、今度はタイラがジョージの手を取った。レイを助けられるならなんだってやる。自らの手でレイを救えるなんて本望ではないか。

絶対に凶獣化を治す特効薬を完成させてみせる。

◆

タイラは部屋から出ると真っ直ぐレイの側に行った。レイは麻酔用のカプセルの中にいた。これからコールドスリープに入る予定だ。

「レイ」

タイラが呼ぶと、ピクリと耳が動いた。レイが口を軽く開いたが、完全に声帯が変わってしまったのか、微かな唸り声が聞こえるだけで言葉にはならなかった。

麻酔が効いて、意識が朦朧としているはずだ。先ほど暴れたように、もう理性もほぼ残っていないだろう。

「レイ、もう大丈夫です。特効薬の開発が始まることになりました」

伝わっているかはわからない。しかし、タイラはレイに声をかけた。

「俺も研究に携わります。必ず凶獣化を治す薬を作りますから、レイはコールドスリープで、少しの間だけ眠っていてください。絶対にレイを助けます。辛いとは思いますが、もう少しだけ、我慢してください」

タイラは感情を押し隠し、優しく語りかけた。新薬開発には十年以上かかるが、今生《こんじょう》の別れではない。ほんの少し、レイが眠るだけ――。タイラは自分に言い聞かせた。

「レイの強さ、凶獣の部分に惹かれなかったと言えば嘘になります。でも俺は、レイを愛しているんです。我が儘で、絵本が好きで、いつも笑っていて、でも本当は弱くて、子供のように純真で……そんな貴方を守りたい。誰よりも大切にしたいんです」

ぐっと、タイラは込み上げてきたものを堪え、笑顔を浮かべた。

「レイ、何度だって言い続けます。俺はどんな姿でもレイが好きなんです。この気持ちはどんなに時が経っても変わりませんから。だから、待っていてください……レイ、愛しています」

タイラは何度も愛の言葉を繰り返した。

思えば、レイの口から好きだとは聞いたことがなかった。レイは恋人になってはくれても、タイラを愛してはいなかったのだろう。

「絶対に助けます。だから……目が覚めたら俺のことをどう思っているのか、レイの気持ちを聞かせてくれませんか。俺はいつまでも待っていますから」

たとえレイの答えが、自分の望む恋人同士になることでなくともかまわない。レイが幸せに生きてくれるなら、これ以上の幸福はないのだから……。

生きる理由もなく、他人に興味がなかった自分は、レイに出会って全てが変わった。一目見てレイに強く心を摑まれ、今ではレイの存在が生きる意味になっている。

レイがいない世界などもう考えられない。だから目覚めて、声を聞かせて欲しい――。

レイのマズルが少しだけ動いた。タイラの願望が見せた幻覚だったかもしれないが、レイが頷いたように見えた。

これから先どうなるかは誰にもわからない。不安がないといえば嘘になる。しかし、レイの頷きに勇気を貰った。もう一度目を瞑って祈ってから、タイラはレイに背を向けた。

――レイ、おやすみなさい。

扉が閉まり、コールドスリープが開始された。

◇

――「レイ、レイ……」

何度も呼びかけるタイラの声に、レイの意識がぼんやりと覚醒《かくせい》してきた。声はするのに目の前は真っ暗で、自分の体も動かせなかった。……どうなったんだ。もしかして死んじまったのか。

「……本当に、ぐっすり眠っている。綺麗な寝顔だ」

タイラの言葉に、レイは自分がコールドスリープから目覚めていないのだと気づいた。

自分の置かれている立場は、ぼんやりとだが理解している。凶獣になってしまった体を治すための特効薬をタイラが作っている間、レイは眠らされているのだ。

眠ってはいても、完全に意識をなくしているわけではなかった。浅い眠りと深い眠りを交互に繰り返しているのだろう。だが、どのくらい時間が経ったのかわからない。

「レイ、寝顔も素敵ですけど、早く綺麗な声も聞かせてくださいね。笑顔も、怒った顔も、泣き顔も、起きたら一番に俺に見せてください」

……なんだかすごく恥ずかしい。寝ていてよかった。目の前で直接言われたら、真っ赤になって狼狽えてしまいそうだ。昔からタイラはずっと歯の浮くような台詞を言っていたなと思い返すとこそばゆくなる。というか、タイラは今、眠っている俺に話しかけているんだよな？　しかもたぶん、まだ狼の姿の俺に……。止めとけ。変に思われるぞ。

レイのアドバイスは伝わらず、タイラは甘い言葉をかけ続けた。

恥ずかしいが、もう少し、タイラの低く響く優しい声を聞いていたい。

耳を傾けているうちに、レイの意識は再び沈んでいった──。

──「レイ！　今日はいいニュースがあるんです！」

うるせえな、とレイは思った。そんなでかい声で話しかけられたら起きちまうんじゃねえか。

「特効薬が早く完成するかもしれません！　以前からあった薬を応用しているんですが……」

タイラが早口で説明したが、さっぱりわからない。ただ、まくし立てるタイラの声が嬉しそうなのは伝わってきて、レイまでなんだか喜ばしくなった。それに薬ができるなら、もうすぐタイラに会えるのだ。今から緊張してきた。タイラの目の前でどんな顔をしたらいいかわからない。

「想定よりも早く、レイの体を治せるかもしれません。待っていてください。もう少しの辛抱です。必ず助けますから！」

力強く言って、タイラは一度言葉を切り、声を潜《ひそ》めた。

「……レイ、早く会いたいです。告白の返事、考えておいてくださいね」

わかってるよ。だからそんなせかすなよ。心の準備ができてねえんだ。……ああ、でももうすぐ会えるんだよな。

タイラの弾む声を聞いたのはいつぶりだろうか。恋人になれと言われたのを了承したとき以来だろう。久しぶりなことが嬉しく、今まで大変な思いをさせていたことを申し訳なく思った。

身も心もたくさん傷つけて悪かった。起きたらちゃんと謝って、今度はタイラにレイといて幸せだなって思ってもらえるように頑張るからさ。なにをすればいいか、まだわからないけど……。

タイラは時間があれば、他愛のないことを話しかけてくる。今日も楽しそうに話しかけてくるので、レイの眠りも浅いままだった。

起きたら、『お前が耳元でうるさいから起きてしまった』と文句を言ってやろうか——。


——次に周りの音が聞こえてきたとき、タイラの声はなかった。遠くで誰かが駆ける足音や、怒鳴り声が聞こえるだけだ。タイラは忙しいのか。薬の完成が近いと言っていたから仕方ない。

少し寂しいが、目覚めればきっと体は元に戻っている。そうしたらタイラはいつも隣にいて、一緒のテーブルでご飯を食べて、二人で街に絵本を買いに行って、手だって繋げる。飽きるほど一緒にいられるはずだ。それにうんざりするほど愛の言葉とやらを聞かされるかもしれない……。

だからもう少しの辛抱だ。

すぐにレイの意識は途切れていった——。


——「レイ」

次にタイラの声を聞いたとき、すぐになにかあったのだと察した。

タイラの声は重く沈んでいた。続けて話した内容が他愛のない日常の話なのはいつもと変わらなかったが、無理をしているのは明らかだった。

しばらく話して、急に言葉を詰まらせたかと思うと、タイラは小さくため息をついた。

「……ずっと待たせたままですみません。レイ、実は……失敗したんです。特効薬はまだできていません。まだ少し、かかりそうです。本当に、すみません……」

タイラの声は震えていて、今にも消え入りそうだった。しばらく声が聞こえなかったのも、研究にかかりきりだったからだろう。ちゃんと寝ているのだろうか。失敗なんて気にしていない。それよりタイラがひどく落ち込んでいるほうが気がかりだった。

「助けますから。絶対に治します。待っていてください。愛しています、レイ、レイ……」

今すぐ叩き起こして欲しい。そうしたら震える声で呼び続けるタイラを、『もう無理しなくていい』と励ましてやれるのに……。だがそれはタイラの努力を裏切ることになる。タイラに全てを背負わせ、待つことしかできないのがもどかしかった。

俺はいつまでも待てる。タイラが諦めるなら、俺もそれを受け入れる。これ以上、タイラの人生を壊す重荷にはなりたくない。だから無理しないでくれ。

レイはそう願い続けることしかできなかった——。


——もういいかげんその口を閉じろ。

イライラしながらレイは念じたが、タイラに伝わるはずもなかった。

「今度の助手がすごく優秀で随分と助けてもらっているんです。国立の薬科を主席で卒業し、ソテル社にもスカウトされた史上初の女性なんですが——」

またその女の話か、とうんざりする。近頃はタイラの話に知らない女性の名前ばかりが出るようになった。優秀で助かっている。彼女のアイデアで研究が進んでいる。彼女の研究姿勢は尊敬できる……。

おい、俺はいつまでも待てるとは言ったが、他の女と付き合っていいとは言ってない。犬の俺にまで告白したのをもう忘れたか。お前が好きなのは俺じゃないのか。返事はもういらないのか。眠っているだけの男は駄目か。飽きたか。嫌いになったか。

散々不満を垂らしても、タイラには伝わらないのだ。

タイラ、なあタイラ……。俺だって、お前に話しかけてるんだぞ。

眠っていても考えが伝わる道具でもあればいいのに。

今は一方的にタイラの話を聞くことしかできないのだ。文句も言えない。タイラがその女性を選んだとしても、他の誰かと結婚して子供ができたとしても責められない。想像しただけで胸が張り裂けそうなほど痛んだ。

でもそれが、タイラの選んだ幸せならば、俺は……。

「――だから彼女と協力して、新薬の開発頑張りますから。レイも応援していてください。……愛しています、レイ。誰よりも、貴方だけを愛していますから」

愛している、とタイラは変わらず伝えた。

タイラの愛を疑ったことが恥ずかしかった。

今だけは考えていることが知られなくてよかったな――。

――タイラはそれからもずっと声をかけ続けてくれた。たまには本も読み聞かせてくれた。何度も名前を呼んで、何度も「愛している」と言った。そのたびにレイの心は温かく満たされていった。

俺はどれだけタイラに返さなければならないんだろう。まだ告白の返事すらしていないのに。

タイラから貰った言葉が溜まっていく一方だ。

あの日。コールドスリープで寝る前、タイラが「誰よりも愛している」と告白してくれた言葉はちゃんと聞こえていた。

化け物みたいな姿で、いいかげん気持ちも冷めたろ？

薄れゆく意識の中で何度もタイラに問い続けた。タイラには聞こえなかったはずだ。すでにカプセルの中にいたし、狼の口では言葉にならなかった。だけどタイラは俺が頭の中で問いかけるたびに答えてくれた。

『俺は、レイを愛しているんです。貴方を守りたい。誰よりも大切にしたいんです』

『どんな姿でもレイが好きなんです。この気持ちはどんなに時が経っても変わりませんから』

『絶対に助けます。だから、目が覚めたら俺のことをどう思っているのか、レイの気持ちを聞かせてくれませんか』

力強く響くその言葉に、俺は救われたんだ。

タイラはずっと俺を大切にしてくれた。偽りも嘘もなく、本心からありのままの俺を愛してくれている。そして俺の生を、俺との未来を望んでくれている……。遅くなってしまったが、ようやく自分の気持ちと向き合うことができた。

目覚めたときに答えを聞かせて欲しいなんて、そんなもの、とっくの昔から心は決まっていた。思えば口に出して伝えていなかったことを、今になってずっと後悔していた。

以前、タイラの告白を受け入れて恋人になったときには口だけだった。言い寄られて根負けして、タイラがそんなに恋人にこだわるならと受け入れただけで、その意味なんか深く考えたこともなかった。恋人らしいことなど、ひとつもしてやれなかった。

お前は本当に馬鹿だ。こんな俺に愛しているだなんて。俺は恋も愛もわからないのに……。でもいつかお前が言った、『その人を特別だと思うこと』『その人との幸せな未来を望むこと』はわかっているつもりだ。

現実を見るのが怖くて、目覚めるのを躊躇する自分もいる。だがそれ以上に、タイラに早く言いたくてたまらなかった。溢れる気持ちを、言葉にしたかった。

なあタイラ、聞いてくれ。俺は、お前が——……。

◇

ゆっくりと瞼を上げたレイの視界に最初に入ってきたのは、色紙で作った鎖の飾りだった。なんだこれ、とレイはぼんやり考えた。飾りはベッドを囲むカーテンレールに繋がっている。絵本で見たパーティーのようだった。まだ夢を見ているのだろうか……。

頬をつねろうとしたが、手が動かなかった。全身がベッドに沈んでいるかのように重い。起きたはずなのに、死にかけているのか？　……嫌だ。タイラに会うまで死ねないのに。

不自由を振り払うようにレイがゆっくりと瞬きをしていると、コッコッと足音が近づいてきた。なにかがベッドの脇に置かれ、視界に白衣の女性が入り込む。タイラじゃない……。彼女はレイの顔を見るなり、じっと固まった。レイが瞬きをすると、はっと息を呑み、身を乗り出した。

「！　レイさん、レイさんわかりますか、私の声が聞こえますかっ。わかったら、ゆっくり瞬きをしてください！」

言われた通りにレイは瞬きをした。女性はぱっと顔を輝かせ、

「先生！　先生っ！　レイさんが――」

と、叫びながら駆け足で出ていった。行ってしまった、タイラのことを聞きたかったのに。視界を上のほうへ向けると、ホールの白いケーキが置いてあった。どうしてこんなものが、と考える間もなかった。

すぐに遠くからばたばたと騒がしい音がしたかと思うと、バン、と勢いよく扉が開けられた。

「レイっ！」

――名前を呼んでくれた、その短い一言だけで胸の奥から熱いものが込み上げた。声だけですぐにわかる。何度も名を呼び、愛していると言ってくれた声……。そして、のぞき込んでくる顔を見て、確信する。

髪は伸び、目元にはうっすらと皺がある。白衣を身に纏う姿は、記憶の中より大人の男になっていた。その男は、レイと目が合うと、顔をくしゃりとゆがめて、涙を浮かべた。ゆっくりと、震える手をレイに伸ばす。

「あ……レイ、レイ……ああ、本当に……レイ、俺がわかりますか？」

わからないわけがないだろ、タイラ。すぐにわかった。お前の見た目、随分と変わったな。でもちゃんとわかったからな。

懐かしいタイラの顔をもっと見ていたかったのに、徐々に視界がぼやけていく。

タイラの震える手がレイの頬に触れた。その温かさと指先の硬さに胸がせつなく痛む。

俺、生きてるんだ。生きて、またタイラと会えたんだ……。

タイラがいる。タイラが俺に触れている。タイラの体温が、この光景が、夢ではないと教えてくれた。タイラ、ありがとう。会えて嬉しい――。タイラに伝わるように、レイは何度もゆっくりと瞬きをした。そのたびに眦から涙が溢れた。止めどなく流れ落ちる涙が邪魔だ。タイラが見えない。拭いたいのに体が動かない。

涙が頬を伝うたび、タイラの温かい指先が何度もレイの涙を拭った。

「レイ、俺がわかりますか、タイラです。レイ、よかった……本当に……レイ、レイ……」

タイラの大きな体がふわりと覆い被さり、優しくレイの体を包み込んだ。体温と鼓動が心地い い。抱き締めたい。タイラに応えてやりたい。だがレイの腕は上がらなかった。お前のことすぐにわかったぞ、と伝えたいのに、僅かに唇が震えるだけで声も出ない。あの日の返事をしなくてはいけないのに。

「駄目です、レイ。無理しないでください。落ち着いて、ゆっくり体調を戻していきましょう。十年ぶりに目覚めたんです。今はまだ動かせません。ですがちゃんと元通りになりますから」

十年。そんなに経ったのか……。想像以上に月日が経っており、レイは愕然《がくぜん》とした。同時にはっとする。そうだ。眠る前は獣に堕ちてしまったこの体は――。

タイラはレイの考えを読んだかのように微笑んだ。

「体が動かせない以外は大丈夫ですよ、ほら」

レイの目の前に鏡を差し出した。映ったのは金色の髪にブラウンの瞳、尖った顎と薄い唇。そこには普通の、人間の姿の男がいた。レイだ。獣の姿ではない――タイラと同じ人間の姿だ。

レイの瞳にまた涙が滲んだ。

「レイ、本当によかったですね。成功したんです。元の姿に戻れたんですよ」

違うんだ……。レイはタイラの言葉を否定した。凶獣の姿から元の体に戻れたことを喜んでいるのではない、タイラと同じ姿になれたことが嬉しいんだ。姿を隠さずタイラの側にいられると思うだけで、温かいなにかが溢れ、胸の中がいっぱいになる。

タイラがレイの薄い唇にキスをし、囁いた。

「レイ、本当によかった。目覚めて、またその綺麗な瞳に俺の姿を映してくれて……。レイが目覚めたら、もう一度伝えたいことがあったんです。――レイ、愛しています。ずっと貴方だけを想っていました。そしてこれからも、貴方の側にいさせてください」

タイラは変わらず、愛の言葉を伝えてくれた。十年の隔たりを感じさせない優しい声音が泣きたくなるほど嬉しかった。

溢れ出す感情に突き動かされ、レイは自然と、口を開いていた。

「……タ、イラ……」

無理矢理声を絞り出した。虫の羽音よりか細い声だった。「レイ、駄目です」とタイラが止める。レイはぎゅっと目を閉じて抵抗した。止めないでくれ。伝えたい。十年も待たせた。十年も我慢していた。気持ちが溢れて苦しいんだ。今すぐ伝えなきゃ駄目だ――。

「……す、きだ。タイラ、俺も……ずっと、タイラが、好きだ……」

不器用に笑ったタイラが好きだ。

真面目に絵本を読んでくれたタイラが好きだ。

意外に世話焼きなタイラが好きだ。

俺を受け入れてくれたタイラが好きだ。

硬い指先も、低い声も、広い胸も、逞しい腕も、俺を優しく抱き締めてくれるタイラが好きだ。

——俺を救ってくれたタイラを、ずっと前から、誰よりも愛しているんだ。

喉が痛くて声が掠れた。伝えたいことがたくさんあったはずなのに言葉にならなかった。唇を震わせていると、タイラがレイの手を強く握った。

「大丈夫です。ちゃんと、届きましたから。……嬉しい、レイ。嬉しいです、返事を聞かせてくれて、ありがとうございます……。レイ、よかった、生きてくれて、本当に、本当に……」

語尾を震わせ、タイラはくしゃりと顔をゆがめると、わっと大声で泣いた。レイの手は祈るようにタイラの額に当てられる。「レイ、好きです、愛しています」と、タイラは何度も繰り返し、子供のように泣きじゃくった。その姿に、レイは今まで感じたことのない幸福感に包まれた。

——生きて、タイラに会えて、本当によかった。

レイは指先から伝わる熱を噛み締め、小さく微笑んだ。

◇

ひやりとした白い壁が延々と先まで続いているのを見て、レイは深いため息をついた。コールドスリープで落ちた体力を戻すため、リハビリづけの毎日を送っている。コールドスリープ解除後の身体機能の回復はスムーズで、身体損傷などの後遺症もなく、筋力の著《いちじる》しい低下もなかった。病院内を歩かされているが、白い壁と消毒液の臭いに気が滅入《めい》る。

ようやく最後の角を曲がると、自室の前に恋人の姿を見つけて自然と歩みが速くなった。

「おかえりなさい」

白衣を着たタイラが笑みを浮かべた。それだけで疲れも陰鬱な気分も一瞬で吹き飛んだ。

「た、ただいま」

答えはしたが、レイはすぐに俯いた。なんだかこそばゆくなって、「あー、疲れた」と投げやりに言いながら、逃げるようにベッドに倒れ込む。タイラが微笑みながらレイの顔をのぞき込み、レイの頬にタオルを当てた。

「お疲れ様です。汗を拭いてください。風邪を引きますよ」

レイの部屋は他の無機質な病室に比べ、随分賑やかだった。タイラが、「レイが寂しくないように」と買い集めた花や本やぬいぐるみなどで囲まれている。その中に、レイがずっと持っていたボロボロの絵本や料理本やノートまでが置いてあった。少し恥ずかしいが、タイラが大切にしてきてくれたと思うと嬉しい。

レイはベッドの傍らに開かれていた蟬の絵本を手に取った。読んでいる途中で運動の時間になったのだ。レイはしばらく読んでいたが、熱視線を感じてタイラを睨んだ。

「……お前、さっきから見すぎだ」

「レイがいることが本当に夢のようで、ずっと見ていたいんです」

タイラはうっとりと語った。目覚めてから三ヶ月ほど、ずっとこんな調子だ。

確かにレイがタイラのほうを見ると絶対に目が合う。タイラはにっこり笑った。

「レイも同じ気持ちですよね、よく目が合いますから」

「っ、それは、お前の視線が刺さるから！」

目覚めた今、人間の姿に戻れて恋人のタイラが側にいることが夢のようだ、と思っているのはレイも同じだった。正直に言うのは恥ずかしいのでうまく誤魔化して、再び絵本に目を落とす。

十年前から読んでいたお気に入りの蟬絵本シリーズは、今や大人気のロングセラーとなっており、タイラも新刊が出るたびに買っていた。十年も続いているなど蟬のくせに長生きしすぎだ。

呆れながらもレイは楽しく読んでいた。蟬が毎日楽しく暮らしていると自分も楽しくなる。

「俺も見ていいですか」と、タイラが聞くので、隣に座らせて絵本を寄せた。しかしタイラは確実に絵本よりレイを眺めてにこにこしているので、恥ずかしくて集中できない。

「覚えていませんか？　レイが眠っている間も読み聞かせていたんですけど。少しは聞こえていたのですよね？」

「アホか。犬に絵本読み聞かせてるなんて、相当変人だと思われていただろうな。……あ、変といえば、俺が目覚めたとき、女の人が持ってたケーキはなんだ。部屋の飾りも場違いすぎるだろ。俺の部屋でパーティーでもするつもりだったのか？」

「ああ、あれは……」

照れくさそうに、タイラは少し言いよどんだ。

「レイの誕生日がわからなかったので、俺とレイがバディになった日を勝手に記念日にして毎年祝っていたんです。部屋の飾りつけをして、レイの隣でケーキを食べていました。俺が二人分」

「なにやってんだよ」

おかしくてレイは自然と笑みを零した。他愛のない会話だけで幸せな気分になれた。本当にもう一度会えてよかったなと幸せを噛み締める。

タイラはレイの手を取って、指先に唇を寄せた。

「でもこれからは、二人で祝えるんですよね。記念日だけではなくて、もっといろんなことを。いや、特別な日だけではない、なんにもない日常も、ずっとレイと一緒に……」

「ああ。当たり前だろ。俺でよければ、ずっと一緒にいてくれ」

レイがそっと体を寄せると、タイラがレイの顎を持ち上げ、軽く触れるだけのキスをした。

唇を離し、照れくさくなってレイは頭をかいた。

「……まあ、こんなところじゃなきゃ、完璧なんだけどな」

ひとり部屋ではあるし、病室だとは思えないほど、いい家具のそろった部屋だ。兵士時代とは比べものにならないぐらい贅沢《ぜいたく》な暮らしなのだが、タイラ以外の所員の出入りもあるし、地下都市というだけでレイにとっては息苦しく感じられ、居心地がいいとはいえなかった。

「窮屈な思いをさせてしまってすみません。レイの体調を回復させるためとはいえ、初めて凶獣化から完治した実験対象のような扱いは辛いですよね……。もう少し我慢してもらっていいでしょうか。監視の目もあるので居心地は悪いと思いますが、できる限り改善しますから」

「いや、気にしないでくれ。ぼやいただけだ。場所や時間は関係ねえよ。それよりタイラが喜んでくれてるほうが嬉しいから」

「喜ぶに決まっています。十年、待ったんですよ。こうしてレイが笑ってくれる日をずっと夢見て。十年間いろんなことがありましたが、レイを諦めようと思ったことは一度もありません」

タイラの笑みに、レイは改めて心が満たされるのを感じた。大事なのはひとりだった時間を惜しむことではなく、これからのふたりの未来を想うことだ。

「タイラが待っててくれないなんて、全然考えたこともなかった。犬になってる俺にも、俺が眠ってるときですら、好きだって言ってくれたからな」

「レイ……ありがとうございます」

「……うぅ、やっぱ嘘。そんな真っ直ぐな目で俺を見るな。嘘ついて悪かった。強がっただけだ。俺はできた人間じゃねえよ。……本当はむちゃくちゃ不安だった。気持ちが冷めたんじゃないかとか、他の女と付き合うんじゃねえかとか。タイラがそんな奴じゃないってわかってるけど、ちょっとは考えちまうんだよ」

「さっきから随分と素直ですね」

「言えなくてずっと後悔してたんだ、ちゃんと言うようにしてみたんだけど……恥ずかしいな」

「実際、結婚の話はありましたけど」

「はあっ⁉」

「断わりましたよ。当たり前じゃないですか。俺の恋人はレイです。恋人がいるのに浮気なんて、ましてて結婚なんてするわけないでしょう？」

さも当然のように言うタイラに、レイは頬を染め、唇を尖らせた。前から歯の浮くような台詞を言う男だったが、最近はそれに加えて大人の余裕が感じられて、なんだか気にくわない。初めて任務でセックスしたときはあんなに狼狽えていたのに、俺のほうが年上だったのに、とレイが複雑な気持ちでいると、タイラが錠剤を準備し始めた。レイも絵本を閉じる。

「あーそうか、タイラは今も仕事だもんな。俺に薬飲ませなきゃなんねえのか」

「何度も飲ませてすみません。四之森の薬というだけで気分はよくないでしょうが……」

「正直好きではねえけど。でも必要なことなのはわかってるし、これは俺を治すためにお前が作ってくれたものなんだろ？　だったらいくらでも喜んで飲むぞ。……あ、そうだ。タイラが飲ませてくれるなら大人しく飲んでやる。口移しで」

唇に指を当て、レイはにんまりと笑った。からかえば、昔のように狼狽えるタイラが見られると思ったが。

「……レイに頼まれたのなら、仕方がありませんね」

タイラは自分で錠剤を咥えると、レイの後頭部に手を添えた。

「なっ、ちょ、本当に――ふっ、ん……」

そのまま口づけ、レイは開いた口の中に舌で錠剤を押し込まれた。一度口を離してタイラは水を含むと、再びキスをし、レイの口腔に流し込んだ。喉に指を添え、レイがちゃんと嚥下《えんげ》したことを確かめると、「うまく飲めましたね」と唇が触れ合う距離で囁き、そのまま口づけを続ける。

戯《たわむ》れのような啄むキスは次第に情熱的なものへと変わり、舌は唇をこじ開け、歯列までなぞる。食われているようだ。タイラの熱を感じるたびに思考が蕩け、力が抜ける。レイがタイラの白衣をぎゅっと握ったところで、ようやく解放された。息を弾ませながらレイは睨んだ。

「やりすぎだ、馬鹿が。……仕事中じゃないのか」

昔の共同生活とは違ってふたりきりではない。見られでもしたら困るのはタイラだ。

俺も我慢しているのにだとか、タイラのことを考えているのに人の気も知らないでだとか文句はあるが、結局は言葉にならずレイはそっぽを向いた。自分だけ成長していない子供みたいな行動がむなしい。両想いという状態にも慣れたとは言えず、嬉しいのに恥ずかしくて、舞い上がるとうまく気持ちが伝えられない。タイラのように余裕を持って好きだと言いたいのだが……。

タイラが後ろから腕を回し、レイの体を優しく包み込んだ。

「すみません。久しぶりに、レイに触れられたことが嬉しくて、止まらなくなってしまいました。嫌でしたか……？　もう無理には迫らないので、嫌いにならないでください」

レイの肩に頭を乗せるタイラに胸がキュンとする。なんだ、タイラも余裕があるわけではないようだ。真面目で我慢強いくせに、一度箍《たが》が外れると暴走しがちなのは昔のタイラと変わらなかった。そのことが嬉しくて、「今更嫌いになるかよ」と、タイラの頭に自分の頭をぶつけた。タイラは小さく笑ってレイを抱く腕の力を強め、耳元で囁いた。

「レイ、また会えて、本当に嬉しいです」

「全部お前のおかげだよ。タイラ、ありがとな」

「愛しています、レイ。今も昔も、心から貴方だけを想っていますから」

「俺もだ、……あ、愛してる」

改めて言葉にすると、かっと顔が熱くなった。タイラもこんなにドキドキしていたのだろうか。

腕の力が緩む。振り返って視線が絡むと、タイラが唇を重ねてきた。レイの体が一瞬で熱を持ち、全身がタイラの全てを欲していた。舌を絡ませながらタイラの太腿に手を置いた。しかし、ぱっとタイラが唇を離した。

「……ここまでして止めるのか。仕事中だから？　それともこの体、触ってくれねえのか……？」

「そうではなく……正直、触れたくて仕方ありません。ずっと我慢していたんです。ですが、まだ体力も回復しきっていませんし、これ以上は俺がレイに無茶をさせてしまいます」

レイは目を伏せるタイラの手を取った。

「俺はもう平気だよ。タイラも散々待ったろ。いや、待ったのは俺のほうだ。……なあ、タイラに触って欲しいんだ。触ってくれないか？　ようやく戻れた、タイラと同じ人間の体に。全部見て欲しいし、タイラだけのものにして欲しいんだ」

レイはタイラに向き直って両手を広げた。昔のように強く抱き締めて愛して欲しかった。タイラが救ってくれて、タイラのために生まれ変わった、この体を――。

「ありがとうございます。愛しい恋人からの誘いならば断れませんね……レイの全部を、俺にください」

大人になったタイラ相手に十年間の隔たりを感じることはないが、抱かれることが久しぶりなのは変わらない。レイ自身、待ち望んでいたはずなのに、いざタイラがベッドに上がり、服に手をかけると羞恥に気後れした。恋人らしい雰囲気にもまだ慣れていない上に、人間の体を抱かれるのは初めてなのだ。

キスをしながらタイラは器用にレイの服を脱がし、全裸にした。白い肌がピンク色に染まる。

「どうだ……？　人間の体。昔よりもいい……か？」

「言ったでしょう？　どんな姿でも、俺はレイを愛していると。今のレイも昔のレイも相変わらず素敵ですが、今、俺の目の前にいるレイが一番綺麗ですよ」

タイラに愛されてタイラの好きな体になる。身も心もタイラのもので、タイラのために生きているのだと思うと、レイはこれ以上ない幸せを感じた。

「タイラ……んっ」

タイラは再びレイに口づけた。蕩けるような甘い口づけだ。名前を呼び、「綺麗だ。愛している」と繰り返しながら、唇を食み、口腔をくすぐられる。タイラの肉厚な舌をレイも味わった。

溢れる互いの唾液と熱い吐息に、頭がぼうっとする。

久しぶりの濃厚なキスだけでこんなにも気持ちいいなら、繋がったらどうなるのだろう……。

恐怖もあったが、それ以上に早く繋がりたかった。

タイラは唇を、レイの首筋へと滑らせていき、全身にキスマークを残していった。

「これを見せて、レイを俺の恋人だと自慢したい。でもこんなに綺麗なレイの体を見られたくありません。レイを独り占めしたい……」

熱い囁きにレイはタイラの独占欲を感じて嬉しくなった。触れられたところがタイラのものになって、喜びと同時に、タイラを愛しく思う気持ちがまた増えていく。

お返しとばかりに、レイはタイラの首筋に噛みつき、歯形を付けてやる。

「印、つけといたぞ。お前は俺のものだって、明日皆に言って回れよ」

「困りましたね」とタイラは苦笑した。

「可愛い恋人の自慢ばかりしてしまったら、仕事にならないじゃないですか」

タイラの大きな手のひらがレイの全身を撫で、つむじから足の先まで唇を落とす。人間の姿を気に入ってくれてよかったと思ったが、自分の知らないところも隅々まで愛されているうちに、無性に恥ずかしくなってきた。

「な、なあ、おかしくないか、久しぶりでわからねえ」

「おかしくありませんよ。綺麗で、扇情的で、本当に素敵です。全て食べてしまいたい」

タイラは微笑み、レイの二の腕を甘噛みする。くすぐったくて、レイは身をよじった。大人のタイラが甘えてくるのが可愛かった。

脇腹を撫でていたタイラの手は、薄いレイの胸を揉み始めた。

「ん……前もやってたな。くすぐったいんだけど」

「まだ気持ちよくありませんか？　では、これから少しずつ開発していきますね」

タイラがレイの乳首をゆっくりと捏《こ》ね回し、薄桃色のそこに唇を落とした。こそばゆいだけだが、タイラが楽しいなら好きにさせてやる。手持ち無沙汰のレイは、タイラの黒髪に指を絡ませた。鋭い爪が邪魔で触れられなかった分、レイもたくさんタイラに触れたかった。

「髪、伸びたな。俺よりも年くっちまったしよ」

「これからは一緒です。それとも、前の俺のほうがよかったですか？」

「会えなかった時間が少し寂しいだけだ。見た目はどうでもいい。タイラが側にいてくれれば」

「レイ……もう二度と、寂しい思いはさせません。俺がずっと側にいますから」

返事の代わりに、レイはタイラの頭をぎゅっと抱き締めた。髪をわしゃわしゃとかき混ぜると、

「悪戯《いたずら》しないでください」とタイラが乳首を強く吸った。急な刺激に「ひぅ」と声を上げ、体がぴくりと跳ねる。

なだらかだったそこはタイラの愛撫を受け、ぷくりと芽吹いていた。舌先で転がされ、吸いつかれると、胸がじんわりと熱くなり、くすぐったいだけだった刺激が次第にむずがゆくなる。

「ふ……んっ、んぅ……タイラ……」

レイの胸の上で舌を出し、上目遣いをするタイラが微笑む。

「気持ちいいですか？」

「わ、わかんねえ……ひ、ぅんっ……」

タイラの手がレイの下腹部に触れ、腰が浮いた。

「でもここは、気持ちいいと言ってくれていますよ？」

淡い叢《くさむら》に囲まれた中心は、直接触れたわけではないのに緩く反応していた。目覚めてから自分で慰めることもなかった。タイラが軽く上下に扱くと、すぐにレイの先端から透明な滴がとろりと溢れ出し、くちゅくちゅと水音がたち始める。

「あ、っ……あ、んん……タイラ、気持ちい……」

「よかった。レイ、もっと感じてください」

タイラはレイの性器を擦りながら、唾液で光る胸の粒を吸った。

「ひあっ、っ、くぅ……ん、やっ、タイ、ラ……あんっ、あぁ」

ペニスと同時に責められることで、さっきまで違和感しか覚えなかった胸まで性感帯へと変わってしまったようだ。直接的な刺激と相まって、すぐに絶頂の間際まで追い詰められる。レイはいやいやと首を振った。

「んんっ、待って、待て、そんなに強く吸うなって……同時は駄目、出る、出ちゃうから、っ」

「出してください、レイ……全部見たいんです」

艶めいた囁きに背筋がぞくぞくと震える。素早く擦られ、一気に快楽の頂へと押し上げられた。

「っあ、ああっ、タイラっ、――き……タイラ好き、好きっ……あっ、あぁぁっ！」

タイラにすがりつきながら、レイは全身を強張らせて白濁を飛び散らせた。タイラはレイが達した後もペニスを扱き、最後の一滴まで絞り出す。酩酊感《めいていかん》が心地いい。

「ふふ、好きって言ってくれるんですね。俺も好きです。ここも素直にたくさん出しましたね」

タイラは指についたレイの精液をぺろりと舐めた。その舌が、レイの胸の尖りを愛撫していたのだ。意識すると、色づき、腫れぼったい乳首がじんじんと痺れた。本当に体の全てを、タイラ専用に作り替えられていくようだ。そのことがどうしようもなく嬉しかった。

タイラは脱力しているレイの下腹部にキスをしながら、飛び散った白濁を吸い取った。レイはタイラの頭を撫でる。全身を愛してくれる男が、愛おしくてたまらない。

「体は辛くありませんか？」

と、タイラはレイの体を気遣いながらも、レイの淡い陰毛を指でいじり、頭をもたげた性器に唇を寄せた。レイは「待ってくれ」とタイラを止めた。

「それ……俺がタイラのをやりたいんだけど……駄目か？」

「えっ、い、いや、レイはしなくていいです」

「なんでそんな狼狽えるんだよ。嫌なのかよ。嘘つくな、ガチガチじゃねえか」

レイはタイラの下腹部の膨らみを指摘した。窮屈そうに布を押し上げ、山を作っているのがわかる。

「嫌ではありません。申し出はその、すごく嬉しいのですが、奉仕されるのは申し訳ないというか……本気、ですか？」

「俺が言い始めたことだし、タイラだって俺にやっただろうが。お前の全部に触れたいのは俺も同じだ。前は牙が生えていたから中途半端だったろ。……なあ、タイラ、頼む」

タイラはうっと言葉に詰まると、体を起こし、レイの頬にキスをした。

「では、お願いします。無理はしないでください」

レイはベッドに座ったタイラの前をくつろげた。反り返った男根が飛び出し、ごくりと喉を鳴らす。裏の太い血管に口づけ、つるりとした傘を咥えた。先走りが苦くて思わず眉を寄せるが、この体に興奮してくれていると思うと愛おしかった。ちゅっと吸うと、ぴくりと口の中で大きくなった。素直な反応が可愛い。

今まで愛してくれたぶん、レイも愛したかった。今まで感じられなかったタイラの熱を、指先と舌で丹念に味わった。亀頭のくぼみから精を溜め込んだ大玉まで、小さな舌と口で不器用ながらも必死に愛撫する。先にタイラの熱塊を収めた自分の口にも嫉妬《しっと》しそうだ。奥まで咥え込んだときの熱と圧迫感を思い出し、レイの蕾が疼いた。

タイラを見上げる。眉を寄せ、吐息を漏らしていた。欲望に満ちた熱い視線を向けられ、レイの体はぞくぞくと震えた。褒めるように頭をよしよしと撫でられ、胸が高鳴る。

「はあ……レイ、もう、口を離してください……。綺麗な顔を汚してしまいますから」

「溜まってたんだろ、ここにいっぱい出していいぞ。濃いの、全部飲んでやるから」

「っ、ああ、レイ……そんなに煽らないでください。レイの中でいきたいんです。いいですか?」

タイラに耳をくすぐられながら懇願され、高まる期待に脳が蕩けそうだ。興奮は下腹部へと集まり、一度達したレイの性器も再び硬さを取り戻していた。

「……俺も、タイラに入れて欲しい。入れてくれ……俺の中を、お前で満たしてくれ……」

タイラは了承の代わりに軽く唇を触れ合わせ、レイをベッドの上に仰向けにした。

「レイ、自分で足を持てますか?」

「ん……」

言われた通り膝の裏に手を入れ、足を持ち上げた。見られるのは初めてではないが、自分から見せつけているような格好に頭が沸騰《ふっとう》しそうだ。タイラはレイの秘所に顔を近づけた。

「ヒクヒクしていますね。ペニスから蜜がたれて……ここも濡れているみたいになっています」

「んなの……っ、いちいち言うな、馬鹿」

くすりと笑ったタイラは、レイの白くつるつるした内腿に、ちゅ、ちゅ、といくつか赤い印を散らしながら焦らすと、そのままレイの蕾にも吸いついた。

「ひっ、あんっ、や、なっ……タイラ、なにやって！」

「ほぐさないときついでしょう？　久しぶりなんですから」

てっきり指でほぐすとばかり思っていたレイは舌を使うという過剰な愛撫に目を白黒させた。

「あ、ひぅ、やめ……っ、やだ、っ、そんなとこ舐めんなよぉ……」

「赤くてぷりぷりして美味しいですよ。すぐにでも食べてしまいたい。いや、この場合、この口で食べられるのは俺のほうですね」

「てめえ、会わないうちに随分エロ親父になったな……ひ、んっ、やっ……んんっ」

「あまり力んではいけません。ほら、レイ……力を抜いて、ゆっくり息を吐いてください……そう、上手ですね……俺のペニスが全部入るように、開いていきますからね」

タイラはレイの蕾に吸いつき、舌を差し込んだ。肉襞がタイラの唾液と吐息の熱で蕩けていく。中をうごめき、巧みに開いていく舌技の気持ちよさに、レイは足を持つのも放棄して、ただタイラの愛撫に体を震わせ続けた。

タイラが指を差し込み、前立腺をノックすると、「あ、あ、」と声を零しながら、勃起した性器をぴくぴく跳ねさせた。腰の奥から痺れるような快感に夢中になる。

「レイ、気持ちいいんですね。上の口も、下の口も、こんなに蕩けさせて……ほら、いやらしい音が聞こえますか?」

「あっ、ああ……タイラっ、これ以上触られたら——んっ、いっちゃう……やだ、一緒に……」

「本当はもう少し、ほぐしたいんですが、レイの体力がなくなってしまいますね。それに……すみません。俺も限界です」

タイラの男根は少し触れただけでも白濁液を噴き出しそうだった。血管を浮き上がらせ、腹につくほど勃ち上がっていた。太くて熱いタイラのものが入ってくる——甘美な想像にごくりと喉を鳴らし、レイの蕾は期待にじんじんと疼いた。

タイラはレイの膝にキスをした。

「十年ぶりにこんなに蕩けた姿を見せられて、耐えられるわけがない。いいですか、レイ……」

レイは覆い被さるタイラの白衣を引っ張った。

「な、お前も脱げよ……。俺ばっかり。俺だって……タイラの体、見てえよ」

「気が利かなくてすみません。本当、俺も、余裕がなくて」

と、タイラは白衣を放り、シャツを脱ぎ捨てた。軍を辞めて十年経っているというのに相変わらず鍛《きた》え上げられた肉体の張りに惚れ惚れする。逃げられないほど強く抱き締めて欲しい……。

あまりにも熱心に見つめていたのがばれたのか、タイラが微笑み、抱き締めてくれた。幸せすぎて泣きたくなる。レイのほうからタイラの頬にキスをした。

「タイラ、もっとむちゃくちゃに、好きにしていいんだぞ。ずっと抱きたかったんだろ?」

「レイに無理はさせたくないんです。これからはもっと、自分の体を大事にしてください。この先もずっと、愛し合っていくんですから……」

タイラの優しい指先がレイの前髪を払い、額に唇を落とした。覆い被さるタイラに腕を回すと、愛しい恋人の背中の皮膚が盛り上がっていることに気づいた。以前、同じ体勢で抱かれたとき、タイラにつけてしまった傷が残っている。

「ああ、ごめんな、タイラ……。俺、お前を傷つけてばっかりだな……。これも痛かったろ?」

「そんな顔しないでください。レイに付けられた傷なら平気ですし、自分で見られないのが残念なほどです。それに、レイが俺にすがってくれた証でしょう。もっと欲しい」

タイラはレイの足を持ち上げ腰を入れると、蕾に熱い切っ先をあてがった。レイの胸がドキドキと高鳴り、期待で張り裂けそうだ。ようやくタイラと繋がれる——。

「ああ……タイラ、来てくれ……——あ、っん……んぅっ」

タイラがゆっくりと入ってくる。レイは背中をしならせ、タイラにしがみついた。身も心も開かれていく感覚に陶酔を覚える。タイラの熱い体温と速い鼓動が交わり、ひとつに溶けていく。

汗を滴《したた》らせながらタイラが奥へと進むたびに、レイの快感はぎりぎりまで高まった。今にも溢れそうで、目の前がチカチカと瞬く。もっとタイラを感じたくて、内壁が屹立を締め上げた。

「つあ、レイ……くっ――」

中ほどまで進めたタイラだったが、レイの締めつけに、ぐっと奥歯を噛んだ。レイの腰を摑み、一気に奥まで突き入れた。

「あああんっ！」

突然の衝撃に、ぎりぎりで止まっていた快楽が一気に爆発した。一瞬で頭が真っ白になり、レイは手足を強張らせながら、精液を噴き出した。肉襞は熱塊を締めつけ、タイラもレイが達すると同時に、熱い飛沫を最奥に叩きつけた。

ああ……やっとタイラとひとつになれた。

ようやく繋がれ、変わらぬ愛を注がれたことを改めて感じて、言葉にならない気持ちが溢れた。それが涙となってレイの瞳から零れた。タイラがレイの目の端にキスをして、涙を吸い取る。

「すみません。耐えられなくて……痛かったですよね」

「違う、嬉しいんだ。タイラと繋がれたことが。お前が優しいのは変わってなくて……。ふふっ、やっぱ年取ってもお前は我慢できねえんだな」

レイが笑うと、タイラも微笑んだ。

「愛しい恋人と十年ぶりに繋がれて、これまでよく我慢できたほうですよ」

見つめられると再び快感が湧き上がってきた。入れられただけで達してしまったというのに、レイはまだ萎えていなかった。それはレイの中を埋めるタイラも同じだった。

「あ、んん……っ、タイラ、待って……。今、体全部が気持ちいいってなってるから……もうち

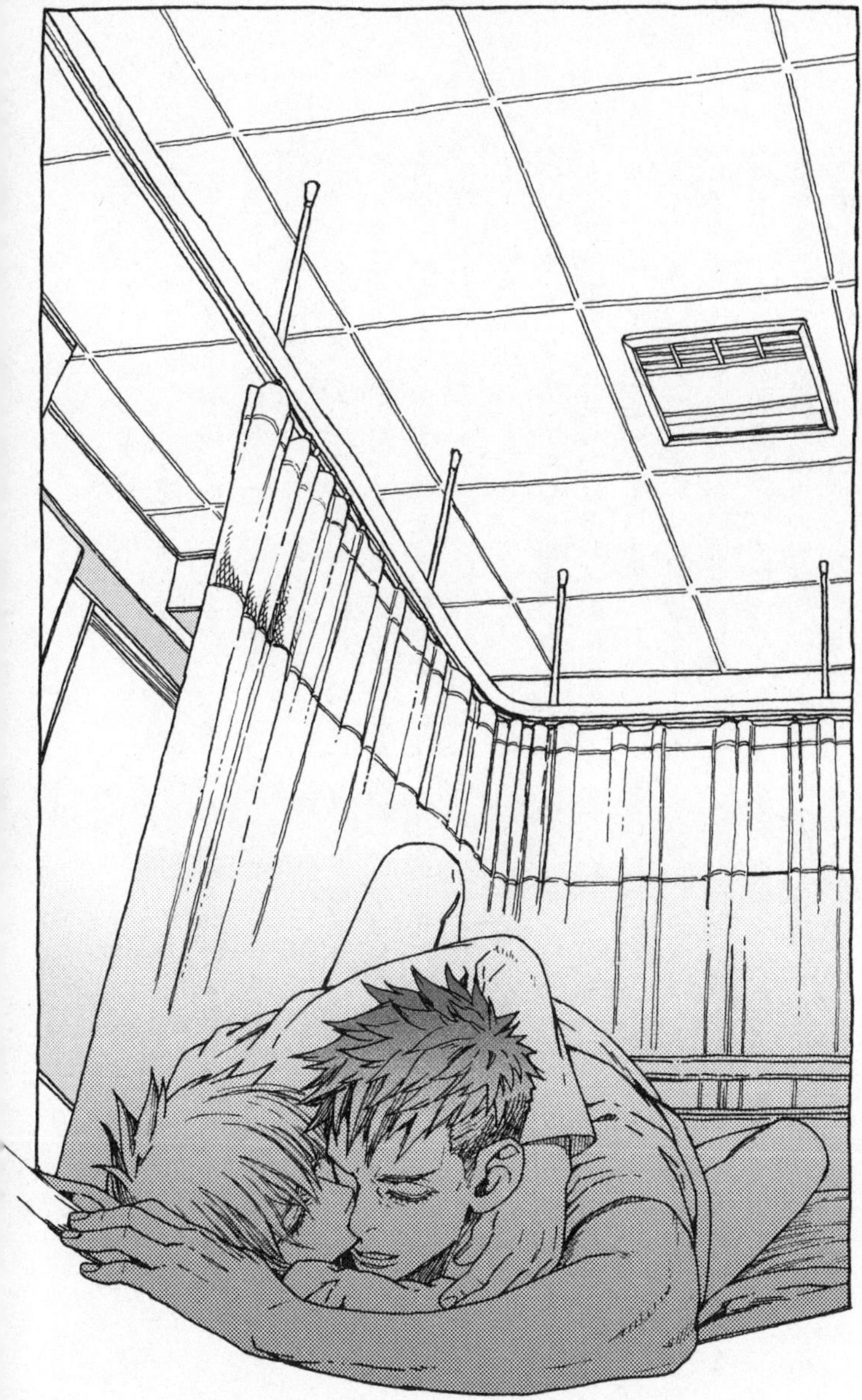

ょっと、そのまま触ってくれ……」

「もちろんです。レイ、可愛い……もっと愛させてください……」

タイラは大きな手で体を撫で、唇を寄せた。ずっと余韻が続くような気持ちよさだった。

自然とレイの腰が揺れ始めると、再びタイラは動き始めた。中の白濁が溢れる音と共に、レイは甘い声を上げた。

レイの体を気遣うもので、激しい抽挿ではない。ゆっくりだが、その分、奥まで挿入し、的確にレイの昂ぶる一点を擦っていた。レイの唇や鼻先にタイラは何度もキスをした。レイが突き出す舌を吸いながら、タイラは屹立の熱をレイの体に覚え込ませている。

「体は大丈夫ですか?」

「ん……平気だから、もっとして……。な、タイラ、また一緒にいきたい」

「いいですよ。レイが望むなら何度でも」

タイラは蜜を垂れ流し続けるレイの性器の根元を握った。

「少し、待ってください。俺はまだ、レイの中を感じていたい」

「うん、全部、感じて……いっぱい擦って……あっ、ああ、タイラ、タイラぁ……」

レイが先に達してしまわないように止めながら、タイラは腰の動きを速め、レイの浅い場所を何度も突いた。身も心もタイラで埋め尽くされて、もう彼のことしか考えられない。

全身愛されて一緒に気持ちよくなりたい……。散々蕩かされて大胆になったレイは、自らタイラに体を開いた。

「ね……見て、タイラ、俺の体……もっと触って、もっと好きになって……」

「ああ……レイ、綺麗です。全部俺だけに見せてください。レイ……愛しています」

「俺も、好き……愛している。タイラ……タイ、ラぁ、ふあ、あ、ああんっ」

唾液を混ぜ合わせる激しい口づけと、テンポの速いピストンに翻弄される。上も下も繋がっており、誰よりもタイラの近くにいられることが幸せだった。

一層深く熱塊が入り込んだ瞬間、レイの性器への拘束は解かれた。行き場を失っていた飛沫が一気に解放される。

互いの鼓動を感じながら抱き締め合う。互いの体温で蕩けて、このままひとつになりそうだ。見つめ合うだけで高まり続ける熱は、しばらく収まることはなかった。十年の隔たりを埋め合わせるかのように、二人は何度も互いを求め、繋がりを解くことはなかった――。

◆

タイラはコーヒーを飲みながら、隣で穏やかに眠るレイの頬を優しく撫でた。温かく柔らかい。もうずっと眠り続けて目覚めないということはない。これからは隣でいろんな表情を見せてもらえるのだ……。想像するだけで心が温かくなって、自然と笑みが零れる。

ぴぴ、と白衣のポケットに入れていた端末が鳴った。ジョージからの呼び出しだった。タイラはレイを起こさないように、そっと部屋を出た。

タイラが執務室に入るなり、ジョージは片方の口角を上げた。

「もう奴の体力も戻ったようだな」

「のぞき見とは、この十年で兄さんの趣味も随分と悪くなったものですね」

人払いしてやったことを感謝して欲しいな、とジョージは笑った。十年間、優秀な兄の下で研究を続けたが、結局兄とは馬が合わないと思い知らされただけだった。

「特効薬の致命的な副作用もなさそうだな。一例目で成功して安堵《あんど》した。これで量産に入れるか」

「獣堕ちした兵士も救えるでしょう。承認され販売されれば四之森も安泰《あんたい》、一族内で兄さんの地位も上がる。よかったですね。……それで、わざわざ呼び出したのは、くだらない話のために、恋人との逢瀬《おうせ》を邪魔するためだったのですか？」

「そこまで私も暇ではない。お前に渡すものがある」

ジョージは机の上に、黒いカードを置いた。

「この施設のマスターキーだ。お前の働きが認められ、これを渡すことになった。これから四之森の一員としてもっと重要な役目を担うことになれば必要になる……。どこへでも行ける鍵だ。大事に持っているといい」

マスターキーはタイラも欲していたもので、近々どうにかして手に入れようと考えていた。タイラの思考を先読みされているのが薄気味悪くもあるが、ジョージのほうから渡してくれるならありがたく受け取る。

「これで貸し借りはなしだ。コーヒーでも飲んでいくか？」

「いえ、恋人が待っているので。ありがとうございます、兄さん。——失礼します」

タイラはジョージの執務室を後にし、レイの部屋に戻った。

相変わらずレイは気持ちよさそうに眠っていた。恋人の可愛い寝顔に我慢できなくなり、タイラはさらりとした金髪を撫で、額にキスをした。改めてレイが目の前にいることの幸福を噛み締める。こんなにも愛おしい人に触れないのはもったいないな、と柔らかい頬に再び唇を落とすと、レイはくすぐったそうに身をよじり、ゆっくりと瞼を開けた。

「おはようございます、レイ。起こしてしまいましたね」

「ん……おはよう。別にさっさと起こしてくれてよかったのに。十年も寝てたんだ。さすがに寝すぎだろ」

くすくす、とレイが笑う。仕草の全てが愛おしくてタイラはまたキスをする。きっと自分は今、世界一の幸せ者だ。体を起こしたレイの肩が冷えないよう、タイラはブランケットを掛けた。

「体は大丈夫ですか。痛いところは？」

「問診かよ。この通り全然平気だ。もっとやってもよかったぞ」

と、レイはにまにましているが、情事が終わった後すぐ眠ってしまっていた。体力はまだ心配だが、そう言ってもらえると今後の楽しみも増える。タイラがそのまま伝えると、「ばっ、ばっかじゃねえの変態」とレイは真っ赤になって狼狽えた。

「レイは自分から、からかってくるくせに、真剣に迫られてくるのには慣れていませんね」

「当たり前だろっ。こんなことすんの、タイラしかいなかったし……」

可愛すぎるな、とタイラはしみじみ思った。レイの見目も性格も大好きで、その想いの強さも日に日に更新されていくのだが、ふと、レイはこちらのことをどう思っているのか気になった。

「レイ、まだ聞いていなかったと想いますが、俺のどこが好きなんですか？」

「はあ？　急になんだよ。……全部だよ、全部」

「投げやりな答えではありませんか？」

「言い出したらキリがねえんだっての！　俺を受け入れてくれたし、飯作るのうめえし、真面目だし、格好いいし……って、なんでお前から聞いてきたくせに耳塞いでんだ」

「いえ、想像以上の言葉を貰えたので」

タイラが塞いでいた耳まで熱かった。他の人より待つことには慣れたのではと思っていたが、レイが目覚めてからというもの、我慢ができなくなっている。このまま抱きつぶしたくなるが昨日抱いたばかりだ。自重しなければ。

だがレイのほうからタイラに身を寄せてきた。白衣を引っ張り、レイが伸びをして、小鳥が啄むようなキスをする。まだ慣れていないのか動作がぎこちない。

「まだちゃんと、礼言ってなかったな……ありがとうタイラ、俺を助けてくれて。俺は全然わかってねえけどさ、ここまで苦労も無茶もたくさんしたんだろ？　人間に戻してくれただけじゃなくて、出会ったときから、俺はずっとお前の存在に救われてた。……タイラ、ずっと俺の側にいてくれてありがとな」

「お礼を言うのは早いですよ。俺はこれから先もずっと、レイの側にいるつもりですから」

「そうだったな……あー、でもこれからも監視され続ける病院の中なんてちょっと息苦しいな。窓の外も真っ白で同じ景色が続いているだけだしな」

レイが窓の外を見る。十年前と変わらず、無機質な白い街並みが広がっているだけだ。

「ここじゃ上がどうなったかわかんねえな。まだ聞いてなかったけどよ、特殊殲滅部隊はまだあるのか。俺が人間に戻ったってことは他の奴らも治るんだよな。凶獣や軍はどうなった？」

もうあまり、辛い過去であろう軍や凶獣のことは気にして欲しくないと思ったが、レイが真っ直ぐタイラのほうを見つめるので、他の人から聞くよりはと口を開いた。

「凶獣化の特効薬については、レイがまだ完治の一例目なので流通はしていません。これから治験を重ね承認されれば、一般にも普及して獣堕ちもなくなると思います」

「そうか！　よかった。他の兵士も助かるんだな」

「ええ。それに凶獣の数も激減しているんですよ。隣国との交易も回復して最新鋭の兵器が入ってきたんです。それに特効薬も凶獣の弱体化に効果的なことがわかりました。徴兵制廃止の話も上がっているため、特殊殲滅部隊もなくなっているかもしれません」

一時は獣堕ちが数を増やし、危機的状況だった。状況を打破したのは隣国だった。森を突っ切ってきた隣国の軍により、他国との交易路も作られ、隣国から対凶獣の兵器が輸入された。また、特効薬に使用された成分が凶獣の弱体化、凶獣化因子の拡大防止に効果的であることが判明した。現在も試験的に使用され、効果を発揮している。

「じゃあ俺みたいに苦しむ奴はいなくなるんだな。いつか誰も戦わなくていい世界になればいいな。上もここみたいに、不安もなく安心して眠れるような街に――」

言葉を切って、レイはため息をついた。

「タイラがいるから、全部が不満っていうわけじゃねえけど。貧民街と兵隊生活経て、起きたらモグラと一緒とか……なんか上が恋しくなってきたな」

「そのことなんですが」

と、タイラは声を潜め、ポケットの中から黒いカードを取り出した。レイが首を傾げる。

「なんだそれ？　カード？」

「マスターキーです。兄から貰いました。俺は立場上いち研究員ですが、新薬を開発した功労者ですし、名前は四之森ですからね。その特典みたいなものです」

不用意にマスターキーを渡すジョージではないだろう。これから先の展開を予期しているはずだ。これで貸し借りはなしということか。ならばお言葉に甘えさせていただこう。どこにでも行ける鍵らしいから。

にやりと笑うタイラの思惑が伝わったのか、「おいおい」とレイが呆れた。

「これからも研究を頑張ってもらうように、信頼してくれた証じゃねえのかよ。仮にも責任ある立場のお前が、そんな脱走兵みたいな真似して大丈夫なのか？」

「大丈夫ではありませんね。でも俺の目的は新薬の開発ではなく、レイを救うことだったので」

このまま研究所に留まれば、四之森の家に縛られ、一族に利用され続けたまま、モグラとして一生を終えることになる。そうなる前にとタイラも以前から脱走の計画は考えていた。鍵が手に入った今、タイミングはここしかない。

レイさえいればいい。愛しい恋人が隣で笑ってくれるなら、地位も名誉も自分には必要ない。

タイラはレイの手を取って続けた。

「回復したらここを抜け出して、一緒に暮らしましょう。ふたりで脱走しましょうね」

言葉にすると陳腐《ちんぷ》だ。悪戯を考える子供のような話を真剣にするのが愉快になってきた。

「郊外のほうに家を借りましょう。小さい家ですが、この部屋よりは広いです。俺は街の薬屋でも働けますし、力仕事でも重宝されるはずです。家事も俺がやります。でもレイも練習しておいたほうが、今後も役立つかもしれませんね。それから一緒に絵本も買いに行きましょう。きっと気に入る本がありますよ。そうだ、レイも絵本を描いてみますか。字は書けるようになりましたけど絵はどうなんですか。今度見せてください。恋人なんですから、これからも一緒に——」

タイラは言葉を切った。レイはブラウンの瞳を輝かせながら、ぽろぽろと涙を流していた。タイラはその美しさに吸い寄せられるように、レイの眦に口づけした。

「レイ、これからもずっと、俺と一緒にいてくれますか？」

こくこくと、レイは泣きながら何度も頷いた。

「……俺はずっと、未来のことを、そういう運命だからって諦めてた。だけど……それを変えてくれたのはタイラだ。タイラが俺の運命をねじ曲げて、未来を切り拓《ひら》いてくれた。だから俺も自分で選んで、未来を進んでいきたい……タイラと生きていくって、自分で決める」

レイは顔を上げると、タイラの手を握り、涙で濡れた顔に満面の笑みを浮かべた。

「俺のほうこそ頼む。ずっと隣にいてくれ。ふたりで生きていこうな」

楽しい未来のことに想いを馳せて、ふたりで生きていこうと誓い合った。大切な人との未来の約束でこんなにも幸せになれるのか――。

「タイラ、俺、生きててよかった。今が一番幸せだ……」

涙を零しながら屈託なく笑う恋人は、光に照らされ金色に輝いていた。この世界で一番美しい存在だった。

タイラはレイを優しく抱き締め、規則正しい心臓の鼓動に喜びを噛み締めた。

あとがき

この本を手に取ってくださっている皆様、ありがとうございます。

初めまして。松梶もとやと申します。


デビューノベルズとなります。家族が寝静まった夜にひとりで黙々と書いては投稿し、遠くの書店に雑誌を買いに行き、実家に届く講評を「全サだよ!」と嘘をついていました。

そのときを思い返すと感慨深いです。


「一匹狼」という言葉、聞いたことがあるかと思います。仲間を求めず、自分ひとりの力で生きる一匹狼——強くて、かっこいいイメージですが、実際のオオカミの社会だと他の群れに攻撃されたりする弱い存在らしいです。ペアができればいいんですが、力のないオオカミは一生一匹のままだとか。

あとがきから読んでいる方に本作の内容をざっくり説明しますと、孤独な一匹狼だったふたりの兵士が、バディになって体の関係を持ち、絵本を読んだり言い争ったりお互いの秘密を受け入れたりして、不器用ながらも惹かれていくお話です。……説明下手ですみません。

誰にでも秘密はあって、受け入れられなかったときのことを考えると打ち明けるのが怖い。でもきっとどこかに受け入れてくれる人がいて、その秘密ごと愛してくれる。そんな理想の愛を書いてみました。

担当さんの「セミを性蟲にする菌を知っていますか？」というお言葉からアイデアが生まれた本作。改めてその記事を読み返しましたが、あまりセミや菌の要素は残りませんでしたね……。ですが、バディ、軍人、ケモノ、年下で一途な攻、素直になれない受、命がけの愛など、私の好きな要素をふんだんに盛り込みました。

あと、「恋を知らない孤独なふたりが初めて抱く感情」が大好きです。

なにかひとつでも琴線に触れるものがあると嬉しいです。


以下、謝辞になります。

担当編集I様。ご迷惑をおかけして申し訳ございません。いつもお世話になっております。

佐々木久美子様。素晴らしいイラストをありがとうございました。

本書に関わってくださった多くの方々にも感謝の言葉を申し上げます。大変なご時世の中、拙作を出版していただき、まことにありがとうございます。

そして雑誌掲載作品に感想やファンレターをくださった読者の方々。応援していただきありがとうございます。くじけそうになったとき、何度も助けてもらいました。

本作の出版に至るまでに、多くの方々に助けてもらいました。

ひとりではできなかった作品です。

小説を書いていることは誰にも言っていませんでした。笑われるかもな、受け入れられないかもな、と思っていました。

初めて受賞したとき、妹に打ち明けました。「すごいね」と喜んでくれて、行き詰まったときはいつも相談に乗ってくれます。

本作の発売が決まったとき、職場の先輩にも言いました。おすすめのBL小説を貸していただき、「松梶さんの本、出たら買わせていただきます」と言ってもらえました。

ひとりで書いていたときには考えられなかったことです。受け入れてもらえて、応援してもらえて、本当に感謝しています。

読者の皆様が少しでも「面白かった」と思っていただけたのなら、著者としてこれ以上の幸せはありません。

いずれまた、どこかでお目にかかれることを願って精進していきますので、何卒よろしくお願いいたします。

ここまで読んでくださり、本当にありがとうございました。

松梶もとや

初出一覧

淫狼 ～インモラル・バディ～　／書き下ろし

世界の乙女を幸せにする小説雑誌♥
小説b-Boy
ビーボーイ
読み切り満載!!
4月, 10月
14日発売
A5サイズ
多彩な作家陣の豪華新作、
美麗なイラストがめじろおし♥
人気ノベルズの番外編や
シリーズ最新作が読める!!
イラスト／蓮川 愛
ビーボーイ編集部公式サイト
https://www.b-boy.jp
雑誌情報、ノベルズ新刊、イベント
はここでお知らせ！
小説ビーボーイ最新号の試し読みもできるよ♥
イラスト／笠井あゆみ

ビーボーイスラッシュノベルズを
お買い上げいただきありがとうございます。
この本を読んでのご意見・ご感想をお待ちしております。

〒162-0825　東京都新宿区神楽坂6-46
ローベル神楽坂ビル4F
株式会社リブレ内　編集部

アンケート受付中
リブレ公式サイト　https://libre-inc.co.jp
TOPページの「アンケート」からお入りください。

SLASH
B-BOY NOVELS

淫狼 ～インモラル・バディ～

2020年8月20日　　第1刷発行

■著　者　　松梶もとや

■発行者　　太田歳子
■発行所　　株式会社リブレ

〒162-0825　東京都新宿区神楽坂6-46　ローベル神楽坂ビル
■営　業　　電話／03-3235-7405　FAX／03-3235-0342
■編　集　　電話／03-3235-0317

■印刷所　　株式会社光邦

Printed in Japan
ISBN 978-4-7997-4891-6